내 마음이
편해질 때까지

내 마음이
편해질
때까지

박영희 지음

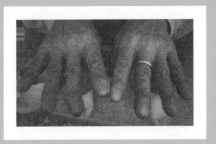

길 위에서 만난 나누는 삶 이야기

살림Friends

요즘 세인들의 입에 자주 오르내리는 '노블레스 오블리주(Noblesse oblige)' 속에는 모두가 살려면 여섯 명이 죽어야 했던 역사적 배경이 있다.

백년전쟁(1337~1453) 당시 프랑스의 도시 칼레는 영국군에게 포위 당했다. 칼레는 1년 가까이 영국군의 거센 공격에 맞섰지만 더 이상의 원병을 기대할 수 없어 그만 항복하고 말았다. 이후 칼레 시는 사절단을 파견해 돌파구를 열어 봤지만 영국 왕 에드워드 3세는 그 본보기로 다음과 같은 조건을 내걸었다.

"그동안 우리에게 반항한 대가로 시민들 중 여섯 명이 반드시 처형당해야 한다!"

칼레 시민들은 혼란에 빠졌다. 몇 차례 광장에 모여 논의를 가졌지만 선뜻 나서는 사람이 없었다. 바로 그때였다. 광장에 모인 시민들 중에서 누군가 자리를 털고 일어나 앞으로 걸어 나왔다. 칼레에서 가장 부자인 외스타슈 드 생 피에르였다. 그의 뒤를 이어 이번에는 시장, 상인, 법률가 등 귀족들도 처형에 동참했다.

가진 자들의 도덕적 의무를 일컫는 노블레스 오블리주. 이 말은 곧 부와 권력, 명성은 사회에 대한 책임과 함께 해야 한다는 의미로 쓰인다. 즉 노블레스 오블리주는 사회 지도층에게 사회에 대한 책임과 함께 국민의 의무를 모범적으로 실천하는 높은 도덕성을 요구하는 단어이다.

하지만 나는 지난해 여름, 문맹에 가까운 노블레스 오블리주들을 만났다. 오른손이 한 일을 왼손이 모르도록 하라는 약속을 지킨 분들이었고, 이웃에게 한 일이 곧 내게 하는 것과 같다는 말을 몸소 실천으로 보여 준 분들이었고, 이웃의 부유함을 결코 탐내지 않은 분들이었다. 언젠가 기회가 주어져 이분들을 국회 청문회에 세운다면 병역 기피, 뇌물 수수, 탈세, 위장 전입, 부동산 투기와는 거리가 먼, 우리의 가슴에 지워지지 않을 감동의 느낌표를 선물할 그런 분들이었다.

청각 장애를 앓으면서도 고물을 주워 이웃과 나누는 경남 진해의 김영권, 배추선 씨, 37년 동안 교직에 몸담으며 월급의 10퍼센트를 가정환경이 어려운 제자들에게 떼어 준 충남 부여의 유영빈 씨, 날품을 팔아 장학금을 전달한 전남 진도의 이공심 씨, 식민지 치하 중국에서 일본군 위안부를 지낸 충북 보은의 이옥선 씨, 자신의 한쪽 다리를 절단하고도 사랑의 저금통을 채워 가는 전북 군산의 노윤회 씨, 슬하에 자녀가 없는 충남 부여의 김춘성, 양부억예 씨, 경북 칠곡의 장봉순 씨, 강원도 화천의 김성공 씨, 농사를 지어 그 결실을 장학금으로 내놓고 있는 전남 함평의 모복덕, 채동만 씨, 전북 김제의 왕재철 씨, 〈해방가〉를 멋들어지게 부르던 강원도 강릉의 김옥환 씨, 짐승들은 절대 나눠 먹지 못한다며 인간이 짐승이 되어 가는 것을 안타까워하시던 경남 창녕의 정외순 씨 등 열두 분은 더없이 거룩하고 순결한 분들이었다.

나는 이분들을 만나기 위해 지난해 여름 시·군청, 읍사무소, 동·면 사무소로 부지런히 전화를 걸었다. 그런데 씁쓸한 일이 벌어졌다. 관할 관청들은 내 신원을 확인한 후 취재에 힘써 주는 반면 정작 복지를 앞세운 재단들의 반응은 쌀쌀맞기 이를 데 없었다. 전화를 회피하거나 심지어 모 재단은 그분은 우리가 관리해야 한다면서 인권 침해적인 말들을 스스럼없이 뱉어 냈다. 취재에 앞서 재단을 제외한 건 바로 그런 이유에서였다. 조금 힘들긴 했지만 나는 당사자들이 직접 방송국이나 시·군청을 찾아가 기부한 분들을 만났다.

참으로 놀라운 사실은 열두 분 모두 변변한 거처를 갖고 있지 않다는 것이다. 지은 지 이미 30여 년이 지난 집이나 컨테이너에서 사시는 분도 있었다. 나는 그 점이 기뻤고 그리고 부끄러웠다. 대부분의 아파트들이 고단한 일터에서 돌아와 가족과 함께 휴식을 취하는 곳이라기보다는 수익성 투기를 먼저 떠올리게 하는데, 다행히도 내가 만난 열두 분 중에는 그런 분이 단 한 분도 없었다. 하긴 자신의 것을 먼저 생각했다면 어떻게 이웃의 눈물과 아픔을 볼 수 있었으랴. 우리는 지금

퀴퀴한 변질 속에서 화려한 변화를 방패로 일삼는 속물의 삶을 살고 있지 않은가.

또 하나 새로운 사실은 취재원 대부분의 내면에 일제(日帝)로 인한 식민지와 육이오가 자리하고 있다는 점이다. 오래전의 가난을 버리지 않고 그 가난을 아름다움으로 승화시키는, 이 책이 말하려는 가장 큰 뜻 또한 바로 이것일 줄 안다. 내가 아는 한 선배는 문학 강연을 가면 서두에, 집을 두 채 가진 사람은 강연장에서 나가 달라며 엄포를 놓곤 하는데, 그런 사람들에게는 자신의 이야기를 들려주고 싶지 않다는 게 선배의 생각이다. 겉 다르고 속 다른 사람들과 종교를 이야기하고 자연을 이야기하고 문학을 이야기한다는 게 못마땅한 것이다.

언젠가부터 우리는 "돈은 곧 행복이다."고만 말할 뿐 진정한 삶에 대해서는 철저히 망각한 채 살아가고 있다. 그런 점에서 『내 마음이 편해질 때까지』는 그 망각들을 반성토록 하는 따끔한 회초리가 아닐까 싶다. 진짜 아파 본 사람은 행복에 앞서 아름다움을 먼저 품기 때문이다. 한 생이 저물어 가는 해 질 녘에서 아름다운 선물을 안겨 주신 열두 분께 다시 한 번 진심으로 감사드린다. 저무는 해를 바라보며 인간의 눈물이 이처럼 눈부시고 아름답다는 사실을 뒤늦게나마 깨달았으니 이보다 더 큰 선물이 어디 있겠는가.

박영희

고물을 모아 마음병 고친 김영권, 배추선 씨

"돈 안 들이고
병 고쳤잖아"

첫차를 타려면 서둘러야 했다.

대구역에 도착해 하루 네 차례 운행하는 진해행 기차에 탑승하기 위해 플랫폼으로 걸어가는데 간밤 통화가 머리를 스쳐 갔다.

"오후 2시에는 일 나가야 하니까 그 전에 와야 해. 그리고 일전에도 말했지만 할아버지는 멍텅구리야. 귀가 안 들려."

가방 속에 미리 준비한 질문지가 들어 있지만 걱정이 앞섰다. 청각 장애인과 과연 인터뷰를 할 수 있을지⋯⋯.

할머니가 일러 준 대로 진해역에 도착해 107번 버스에 올랐다. 경화초등학교 앞 정류장에서 내려 농협을 찾아가는 길은 한적했다. 젖을 뗀 지 두어 달쯤 됐을까. 흰둥이와 누렁이가 나란히 산책하듯 차도를 걸어가고 있었다. 저분이신가? 칠순을 넘긴 할머니들의 차림새가 대개 그러하듯 배추선 할머니도 별다르지 않았다. 알록달록 꽃무늬가 수놓아진 반팔에 검정색 반바지. 시원해 보였다.

"오지 말랬더니 기어코 찾아왔구먼."

손사래를 치면서도 할머니는 반가이 맞아 주었다. 슬하에 3남 1녀를 두었다는 할머니는 큰딸과 둘째 아들은 진해에, 큰아들은 대구에 있고, 막내는 서울에서 택시를 몬다고 했다.

"자식이 넷이라도 막내가 제일 걸리는구먼. 대학까지 나온 아들이 인테리언가 뭔가 하다 엎어진 뒤로 택시를 안 모나."

소방도로에서 골목으로 막 들어설 때였다. 비좁은 시멘트 길 저만큼에서 누군가 손을 흔들었다. 할머니와 견주어 김영권 씨는 한 뼘 정도 모자란 키였다. 그와 악수를 나눈 뒤 대문 안으로 막 들어서려던 참이었다. 순간 입이 쩍 벌어지고 말았다. 마당 안쪽으로 종이 상자가 산더미처럼 쌓여 있는가 하면 나머지 공간 역시 부서진 자전거, 쌈장 통, 커피포트, 유모차, 깡통, 플라스틱 같은 고물로 가득했다. 대문에서 현관까지 어림잡아 예닐곱 보에 지나지 않는데도 걸음을 뗄 적마다 부지직, 찌그럭, 뭔가 밟히는 소리들로 요란했다.

말은 하는데 듣질 못해

민중화가로 더 잘 알려진 오윤의 판화를 다시 보는 듯 주름꽃이 만

발한 김 씨에게 질문지를 내밀었다. 청각 장애인과 대화를 나누는 건 오늘이 처음이었다.

"시간이 꽤 걸리겠구먼. 중간에 일을 나가야 하니 여차하면 날을 샐 수도 있고……."

열세 개의 질문 항을 꼼꼼히 살핀 김 씨가 이내 말끝을 흐렸다. 목적지까지 동행하려면 상당한 인내가 필요해 보였다. 그때 마침 주방에서 음료를 내오던 할머니가 참견하고 나섰다.

"오늘 다 못하면 내일 해도 되지, 뭐. 대신 미리 알아 둬야 할 게 있구먼. 우리 집 양반이 듣지 못한 뒤로 목소리가 좀 높아야 말이지. 함께 사는 나도 깜짝깜짝 놀랄 때가 있다니까."

그 어느 때보다도 긴장이 될 수밖에 없는 가운데 방금 할머니가 내온 음료로 목을 축일 때였다. 20년 셋방살이 끝에 지금의 이 집을 장만하게 됐다며 포문을 연 김 씨의 이야기는 곧 군 복무 시절로 돌아갔다. 할머니의 말대로 김 씨의 목청은 급히 누군가를 부를 때 내는 바로 그 톤이었다.

"육이오가 터지기 직전 입대를 한 사람치고는 운이 좋았던 것 같아. 열에 아홉이 전투 공병으로 배치 받아 갈 때 나는 시설 공병으로 복무했단 말이지."

그렇지만 시설 공병대 복무가 꼭 좋았다고만 할 수는 없었다. 최전방을 지원하는 전투 공병대에서 한발 비켜선 건 사실이지만 대신 토목건설 업무를 수행하는 시설 공병대는 하루도 소음에서 벗어날 수 없었다. 그중에서도 가장 견디기 힘든 건 폭파였다.

"내 귀에 고장이 붙은 건 아마 그때부터였을 거라. 꼬박 4년 7개월을 무슨 꿀단지 품듯 폭발음과 콤프레샤(에어 컴프레서: 공기 압축기)를 끼고 살아야 했거든."

더 큰 문제는 제대를 한 후였다. 숨 돌릴 겨를 없이 진해 해군교육사령부 군무원으로 입사한 김 씨의 주된 업무는 군함을 수리하는 정비창에서의 일이었다. 발전기와 대형 펌프, 그리고 군 복무 때 끼고 산 컴프레서를 보는 순간 그는 뒷걸음치고 말았다. 할 수만 있다면 정비창을 뛰쳐나가 다른 일을 하고 싶었다.

"솔직히 그때는 며칠만이라도 좋으니 좀 쉬고 싶었네. 아무리 시설 공병대라지만 전쟁 기간이 아니었나. 그런데 말이지 당시만 해도 찬밥 더운밥 가릴 여유가 없었네. 군무원으로 입사한 때가 바로 보릿고개였단 말일세."

선택의 여지가 따로 없었던 김 씨는 하루하루를 운명처럼 받아들였다. 5남 2녀 중 둘째로 태어났지만 다섯 해 전 큰형이 먼저 세상을 뜨는 바람에 어깨가 더욱 무거울 수밖에 없었다.

"그때 월급이 6,000원이었지, 아마? 입사하고 반년쯤 지나 직장 동료들과 월 2,000원짜리 계를 만들었는데, 내 순번이 돌아와 받은 목돈을 집으로 부치고 우체국 문을 나오는데 막혔던 가슴이 뻥 뚫리는 것 같더구먼."

집안의 맏이였던 큰형님을 너무 일찍 잃은 탓이었다. 그 짐을 대신 져야 하는 김 씨로서는 부모님이 사는 집까지 간간이 들여다봐야 했다. 동생들 역시 자신의 몫이나 다름없었다. 뿐만 아니라 그 무렵은 혼담이 오가던 때라서 정신을 바짝 차려야 했다. 그러나 결혼 자금은커녕 만날 빈손인 김 씨는 고모님의 중매로 만난 지금의 할머니와 겨우 식만 올렸을 뿐 따로 살림을 낼 엄두조차 내지 못했다.

이제야 때가 왔다고 여긴 걸까. 남편의 입에서 신혼 시절과 관련한 얘기가 무르익을 즈음 잠자코 있던 할머니가 뽀르르 끼어들었다.

"지금이야 공무원들이 우대받고 살지만 그때는 형편없었다. 애들은 줄줄이 태어나는데 받아온 월급봉투를 보면 한숨이 절로 나오고…… 그리고 저 양반 고집이 보통 세야 말이지. 저 양반이 뱉어 내는 말은 곧 법이나 다름없었다니까."

그보다도 김 씨는 그 무렵 자신의 귀가 걱정이었다. 며칠 전부터 잠자리에 들라치면 귀에서 웅웅 날벌레 우는 소리가 들리곤 했다.

"농사짓는 일도 거기에 따른 절기가 있듯이 나로서는 그 때를 놓친 거라. 물론 병원에 가 볼 거라고 생각을 안 했던 건 아니네. 하지만 그게 어디 마음처럼 돼야 말이지. 가장의 자리라는 것이 그렇잖은가. 단 칸 셋방에 아이들은 쑥쑥 크지, 공부도 시켜야 하지. 그걸 빤히 알면서 어떻게 내 몸 아프다고 말할 수 있겠나."

34년을 근무한 직장에서 퇴임한 뒤 간만에 집에서 쉬고 있을 때였다. 점심을 먹자며 아내가 불렀다는데도 김 씨는 그 소리를 전혀 듣지 못했다. 더욱 고통스러운 건 객지에 나가 사는 자식들과의 전화 통화였다. 시쳇말로 집에 있는 전화기는 김 씨에게 먹통이나 다름없었다.

가까이 사는 둘째 며느리와 함께 병원을 찾은 날이었다. 의사의 진단은 간명했다. 고음 신경이 파손되어 보청기를 끼더라도 잘 들리지 않을 거라는 것! 땅이 꺼질 것 같은 병원 진단에 김 씨는 의사를 붙들었다. 한 번만이라도 좋으니 보청기를 착용해 보고 싶었다. 하지만 소용없는 일이었다. 보청기에 들어간 배터리 때문인지 그걸 착용한 날은 두통 때문에 도통 잠을 이룰 수 없었다.

"한숨밖에 안 나오더라니. 대학 병원에 입원해 보름 넘게 치료를 받았는데도 아무런 차도가 없는 거라."

장애 6급 진단서를 손에 쥐고 퇴원을 하는 날이었다. 김 씨는 허탈해 견딜 수 없었다. 한눈 한 번 팔지 않고 달려온 그동안의 시간들이 후회스러울 뿐이었다.

"전화를 걸 수 있나, 그렇다고 라디오를 들을 수 있나. 귀가 그런 뒤로는 사람들 많이 모인 곳을 스스로 피하게 되더라고."

다시는 돌아보고 싶지 않은 지난 기억 때문인지 김 씨가 깊은 한숨을 내쉬었다. 하지만 김 씨의 시련은 그것으로 끝이 아니었다.

진해에서 단양까지

사람의 힘으로 끊을 수 없는 업보가 아니라면 이럴 수는 없는 일이었다. 한 날 잠에서 깨 보니 온몸이 쑤시고 아팠다. 불길한 생각에 병원을 찾았지만 의사는 병명조차 짚어 주지 못했다. 그렇게 찾아다닌 병원만도 벌써 네 곳. 그사이 김 씨의 몸은 야윌 대로 야위어 두 달 만에 12킬로그램이나 빠졌다.

그런 어느 날이었다. 김 씨에게 벙어리나 다름없는 텔레비전을 보고 있는데 충북 단양의 풍경들이 화면을 가득 채웠다. 그 너머로 암자도 한 채 보였다. 그런데 왜 갑자기 섬광처럼 그런 생각이 들었던 걸까. 저 곳을 찾아가면 아픈 몸이 곧 나을 것 같은. 더욱 놀라운 사실은 텔레비전에서 그 풍경을 본 뒤로 마음속의 근심들이 아주 느린 속도로 사라지고 있음을 느꼈다는 것이다.

"내 일생에 그런 경험은 처음이었네. 벌써 여러 날이 지났는데도 테레비에서 봤던 그 암자가 머릿속에서 자꾸만 되살아나는 거라. 시간이 좀 더 지나 나중에는 그것이 내 정신까지 이상하게 만들어 버렸고. 글쎄, 테레비만 켰다 하면 그때 본 암자가 무슨 귀신처럼 내 주변을 떠돌아다니지 않겠나!"

더는 지체할 수 없었다. 새벽같이 집을 나선 김 씨는 마산 터미널로 향했다. 그러나 막상 버스표를 손에 쥐고 보니 더럭 겁이 났다. 거리마저 먼 데다 청각 장애인 신세. 행인에게 길을 물을 수는 있어도 듣는 건 어려웠다.

"버스를 타고 가는데 온갖 생각이 다 들더군. 망가진 귀에 병명조차 알 수 없는 내 신세가 왜 그리도 슬프던지. 이제 막 회갑을 넘긴 내 인생이 캄캄한 절벽 앞에 서 있는 기분이었네."

물어물어 절에 도착하니 해가 저물어 있었다. 공양간 문도 이미 닫힌 뒤였다. 보살 눈에도 김 씨의 행색이 초췌해 보였던 걸까. 보살이 내온 밥을 달게 먹긴 하였지만 김 씨에게는 이처럼 누군가를 직접 대면

하는 일이 너무 힘들었다. 하지만 오늘은 둘 중 하나를 선택해야 하는 절박한 상황. 마지막 남은 지푸라기를 잡는 심정으로 김 씨는 보살에게 이곳을 찾은 사연과 그 행적들을 자세히 들려주었다. 물론 김 씨는 서두에서 자신이 청각 장애인임을 밝혔다.

마음씨마저 수더분해 보이는 보살의 도움으로 스님과 마주 앉은 김 씨는 가방에서 볼펜과 메모지를 꺼내 스님에게 내밀었다. 청각 장애를 가진 뒤 김 씨가 제일 먼저 챙기는 도구였다. 쉰 중반의 스님은 김 씨가 내민 메모지에 다음과 같이 썼다.

'기도하시오. 이웃을 위해 사시오. 그렇지 않으면 당신은 제명을 넘기지 못할 것이오.'

스님 앞이라서 머리를 몇 번 조아리는 것으로 대답을 대신하긴 했지만 정작 김 씨의 머릿속은 스님을 만나기 전보다 더욱 혼란스러웠다. 무슨 계명 같은가 하면 잡힐 듯 잡힐 듯 잡히지 않는 수수께끼 같은 것이, 이 같은 답안지를 받아 보기는 오늘이 처음이었다.

"허탈할 수밖에. 내 딴에는 그 절만 찾아가면 모든 게 해결될 줄 알았단 말이지. 그런데 그게 기도와 이웃을 위해 살라는 말이 전부였으니 잠이 올 턱 있겠나."

산사에 아침이 밝아 오고 있었다. 보름 전 텔레비전에서 본 풍경은 어디에도 없었다. 진해로 다시 돌아오는 버스 안에서 김 씨가 할 수 있는 일이라곤 지난밤 스님이 써 준 메모지만 만지작거리는 것뿐이었다.

더욱 황당한 건 지금의 처지에서 남을 도울 만한 형편이 못 된다는 점이다. 3남 1녀를 낳아 대학까지 졸업시킨 거라곤 막내뿐. 다달이 나오는 연금을 받아 내외가 살아가고 있지만 이 또한 넉넉한 형편이라고 할 수 없었다. 자식들한테 겨우 손 벌리지 않을 정도였다.

그렇다고 스님이 적어 준 메모를 깡그리 무시할 수도 없는 일이었다. 특히 스님의 마지막 문장은 두고두고 마음에 걸렸다. 고물과 인연이 닿은 건 바로 그 무렵이었다. 집에서 가까운 절을 오가다 보니 도로변에 버려진 빈 병과 음료 깡통들이 눈에 띄었고, 그걸 주워 모으다 보니 어느새 일거리가 되고 말았다.

"그때 무슨 생각이 들었는고 하면 알다가 모를 건 사람의 마음이 아니라 바로 이 손이라는 거야. 자꾸 손을 놀려 대니까 두 달 뒤에 자전거를 사더란 말이지."

하지만 할머니의 눈초리가 예사롭지 않았다. 단양을 다녀온 뒤부터 집 안에 야금야금 고물들이 모여들자 할머니는 그만 정신이 사나워지고 말았다.

"남들처럼 마당이 너르길 하나 방이 너르길 하나. 그때 저 양반 몸만 아프지 않아도 당장 그만두라고 했을 거야."

한쪽은 들을 수 없어서 고통스럽고, 다른 한쪽은 바로 그 점 때문에 더욱 고통스러웠다. 마치 뒤집을 수 없는 승패처럼 가슴에 먼저 멍이 드는 쪽은 늘 후자였다. 벙어리 냉가슴 앓듯 단 한 번도 듣지 못하는 쪽을 이겨 보거나 설득시켜 본 적이 없기 때문이다.

그동안 모은 고물을 고물상에 내다 파는 날이었다. 28만 원을 받은 김 씨는 그길로 독거노인을 찾아갔다. 고물을 줍다 알게 된 그는 거동이 불편한 노인이었다. 김 씨는 그의 집에 20킬로그램 쌀 한 포를 들여놓았다. 그다음으로 찾아간 곳은 두 달 전 화재를 당한 집. 고물을 주울 때부터 염두에 두었던 대로 김 씨는 그 집에 남은 돈 전부를 내놓았다.

"털 나고 처음으로 그런 일을 해 봤는데 기분이 참 묘하더라고. 꼬박 석 달을 모은 고물을 팔아 눈 깜짝할 사이에 빈털터리가 되었는데도 걸음이 너무 가벼운 거라."

주는 기쁨이란 바로 이런 걸까? 흥이 난 김 씨는 사흘 뒤 할머니 몰래 중고 리어카를 구입했다. 그동안은 절을 오가며 눈에 띄는 것만 주웠지만 앞으로는 직접 고물을 찾아 나설 작정이었다.

통장을 따로 만들었다

리어카를 끌고 밖으로 나가 보니 역시 가장 큰 장애는 두 귀였다. 앞에서 오는 차량이야 눈으로 직접 확인할 수 있어 별 문제가 없지만 뒤에서 달려드는 차량은 그야말로 속수무책이었다. 차들이 한 뼘 간격으로 옆구리를 스쳐 갈 때는 하늘이 노랗게 변했다.

"자전거를 타고 나갔을 때와 리어카를 끌고 나갔을 때를 비교하면 천지 차이더라니. 처음 사흘은 식은땀 꽤나 흘렸구면."

목이 타는지 김 씨가 거실 바닥에 놓인 음료를 벌컥벌컥 들이켰다. 반면 할머니는 그런 남편을 코앞에서 지켜보며 쓴웃음을 삼켰다. 요컨대 할머니는 또 나설 채비를 하고 있었다. 순간 머릿속에 불길한 생각이 들었다. 여기서 만약 할머니의 감정을 누그러뜨리지 못하면 공들여 쌓은 탑이 와르르 무너질 수도 있었다.

"그때 할머니께서는 어쩌셨나요? 리어카 때문에 걱정이 많았겠습니다."

"내 사실대로 털어놓을까? 저 양반 하는 꼴이 어쩌나 밉던지 처음에는 따라 나가는 것조차 싫었다니까."

그러니까 김 씨 혼자서 리어카를 끌고 거리로 나선 날이었다. 옥상에 빨래를 널던 중 하늘을 올려다본 할머니는 은근히 겁이 났다. 남편은 나중에 천국을 갈 것 같은데 자신은 그게 아니었다. 제 발 저린 도둑처럼 할머니는 다음 날 날이 밝자 못 이기는 척 남편을 따라나섰다.

한결 마음이 놓인 건 김 씨였다. 귀 밝은 아내가 곁에 있으니 천군만마를 얻은 것 같았다. 뿐만 아니라 김 씨는 지금의 이 시간들이 덤으로 느껴졌다. 병명조차 알 수 없는 시한부 생명에 생기를 불어넣을 일이 생겼으니 이보다 알찬 일석이조가 세상 어디에 있단 말인가. 혹시라도 그 마음이 식어 버리면 어쩌나 하는 조바심에 김 씨는 고물상을 나와 은행으로 달려갔다.

"군무원 시절에 곗돈을 몇 번 타 봐서 아는데 통장을 따로 만드는 게 좋겠더라고. 푼돈은 그야말로 밑 빠진 독에 물 붓기가 아닌가."

워낙 근면하고 성실한 김 씨인지라 그의 계획은 1년여 만에 곧 달성

되었다. 한 가지 염려가 되는 건 다름 아닌 아내였다. 예금 통장에 찍힌 1,000만 원을 확인하는 순간 김 씨는 이 사실을 아내에게 알려야 할지 말아야 할지를 선뜻 답을 내리지 못했다.

"아내가 못 미더워 그랬던 건 아니고, 자칫 잘못했다간 일을 그르칠 수도 있다는 생각이 드는 거라. 돈 앞에서는 정승의 마음도 돌아선다 잖아."

연말이 다가오고 있었다. 대구에 사는 큰아들을 진해로 불러들인 김 씨는 어제 은행에서 찾은 돈을 내밀었다. 1,000만 원을 큰아들 이름으로 기부할 생각이었다. 대신 김 씨는 아들에게 돈을 건네면서 꼭 영수증을 받아와야 한다며 단단히 못을 박았다.

"난 말일세, 설령 부자지간이라도 100만 원 이상의 돈이 오갈 때는 반드시 영수증을 주고받는 게 옳다고 생각하네. 다들 돈 땜에 으르렁대지, 사람 미워 그러겠나."

아버지의 당부대로 다음 날 방송국을 찾아가 성금을 기탁한 큰아들이 대구로 돌아간 뒤였다. 어떻게 알았는지 시청 직원이 감사패와 점퍼를 들고 찾아왔다. 하지만 김 씨는 일언지하에 그를 다시 돌려보냈다.

"돈 한 푼 안 들이고 죽을병을 고쳤으니 받을 것 다 받은 셈 아닌가? 그리고 이날 이때까지 스님이 하신 말씀을 한시도 잊어 본 적이 없는데, 그러고 보면 스님은 그때 나한테 이 빚을 갚으라고 했는지도 모르지. 군무원 시절에 받았던 월급이나 지금 타 먹고 있는 연금 역시 모두 국민의 녹이 아닌가."

마음의 빚을 갚는다는 것. 돌이켜 보면 그건 여간 즐거운 일이 아니었다. 비록 청각 장애로 인해 남들보다 두세 배의 고통이 뒤따르는 건 사실이지만 두 번째 통장을 개설한 날은 콧노래가 절로 나왔다. 다만 김 씨는 고물을 주워 판 돈만큼은 단돈 10원도 건드려선 안 된다는 첫 마음을 지키기 위해 돈이 들어오는 족족 통장에 넣어 버렸다.

가을비가 내리고 있었다. 집에서 휴식을 취하고 있는데 따르릉 전화벨이 울렸다. 수화기를 든 할머니는 은행이라는 말에 가슴이 두근거렸다. 사실 세 해째 거리로 나가 고물을 줍고 있지만 돈의 행방에 대해서 아는 게 전혀 없었다. 고물을 모았다가 파는 일도, 통장을 관리하는 일도 모두 남편 몫이었다. 지난여름이었던가. 고물을 줍다 말고 할머니는 얼음사탕 한 개만 사 달라며 남편을 졸랐지만 돌아온 답은 삼천 리 밖이었다. 이 돈만큼은 대통령 할아비라도 건드릴 수 없으니 정 먹고 싶으면 당신 호주머니에 있는 돈을 내놓으라고 한 것. 그런데 방금 김영권 씨가 예금한 1,000만 원이 다 차서 전화를 했다는 여직원의 말에 할머니는 흥분을 가라앉힐 수 없었다.

"그때 우리 집 사정이 몹시 절박했단 말이지. 서울에서 사업하던 아들이 아이엠에프가 터져 거리에 나앉게 생겼으니 그보다 급한 일이 또 어딨남. 그리고 내가 그냥 주자고 했나. 차용증 받아 딱 1년만 숨 돌릴 수 있게 해 주자는데 뭐가 그리 나쁘냐고."

하지만 김 씨는 한 귀로 듣고 한 귀로 흘려 버렸다. 막내며느리에게 전화를 걸어 자신의 입장을 한 번 더 밝힌 뒤 돈을 들고 나가 방송국에 내 버렸다.

"날 원망해도 어쩔 수 없구먼. 마음먹은 일을 중간에서 그만두는 것도 싫지만 다 큰 자식이 부모한테 손 벌리는 것도 온당한 처사는 아니잖은가. 그만큼 공부시켜 줬으면 됐지, 뭘 또 바라느냐 말이야."

첫 번째와 달리 두 번째 낸 성금은 적잖은 파장을 일으켰다. 텔레비전 뉴스를 보고 여기저기서 전화를 걸어 오는가 하면 집으로 직접 고물을 가져오는 이웃도 있었다. 잠자리에 누운 김 씨는 리어카를 끌고 나갔다 당한 수모를 떠올렸다. 뭐 아쉬워 늘그막에 구질구질 살려 하느냐, 연금까지 받아 산다면서 꼭 그렇게 살아야 하느냐. 퇴임한 동료들의 시선은 더 따가웠다. 군무원 시절 중간 간부까지 지낸 자신이 안 돼 보였던지 어떤 동료는 김 씨를 밖으로 불러내 밥을 사 준 적도 있었다.

이제 혼자가 아냐

오후 2시가 가까워 오고 있었다. 이야기를 중단한 김 씨가 자리를 털고 일어나 마당으로 나가더니 대문 안쪽에 세워 둔 핸드카를 꺼냈다. 고물을 주우러 나갈 모양이었다.

골목을 막 빠져나왔을 때다. 도로변에 빈 깡통이 보였다. 허리를 반쯤 굽혀 음료 깡통을 줍는 김 씨의 손이 분주해졌다. 도로변에 핸드카를 잠시 세워 둔 그는 생활쓰레기를 모아 둔 곳으로 다가가 살핀 다음, 크고 작은 골목들을 샅샅이 뒤지고 다녔다. 그의 그런 모습을 우두커니 서서 지켜보는데 문득 이런 생각이 들었다. 누군가 마시고 먹다 버린 것들을 허리 굽혀 줍다 보면 이웃을 향한 관심 또한 깊어질 수밖에 없을 거라는. 버리는 일에 익숙해진 손과 그걸 주워 담는 손은 얼마나 다른가. 전자의 손이 세상을 더럽히는 손이라면 후자의 손은 더없이 거룩해 보였다.

핸드카가 멈춰 선 곳은 규모가 제법 큰 마트 앞이었다. 그곳에서 다시 식료품들을 쌓아 둔 지하 창고로 내려가자 좌우로 갈렸다. 좌측 마트 안은 환한 불빛과 함께 에어컨이 빵빵하게 돌아가건만 우측 창고 안은 턱턱 숨이 막혔다.

"더운데 나가 있지 그러나. 저걸 다 마무리하려면 족히 반 시간은 걸릴 걸세."

지하 창고에는 종이 상자가 어지럽게 널려 있었다. 그러고 보니 두 사람의 손놀림이 달랐다. 큰 종이 상자들을 펴서 핸드카에 싣는 일이 남편 김 씨의 몫이라면 할머니는 시멘트 바닥에 엉덩이를 깔고 앉아 과자와 담배를 담았던 작은 상자들을 따로 분리했다. 김 씨에 비해 잔손이 많이 가는 작업이었다.

"이 마트는 언제부터 다니신 거예요?"

"한 2년 되었나? 뉴스가 무섭긴 무섭더라. 뉴스가 나간 뒤로 우리를 돕겠다는 사람들이 하나둘씩 늘어났거든. 고맙지, 뭐. 이 정도의 양을 주우려면 거리로 나가 꼬박 반나절을 헤매야 한단 말이야."

남편을 대신해 할머니가 다시 말을 이었다.

"비록 이런 일을 하더라도 곁에서 누군가 응원해 주면 절로 힘이 나는 법이잖아. 전에는 우리 내외가 이 일을 다 했지만 지금은 아냐. 이웃들이 절반을 도와주고 있어."

그새 등에서 축축한 기운이 느껴졌다. 여기까지 따라왔으니 마트 주인을 한번 만나 보고 싶었다.

명함을 내민 뒤 김 씨에 대해 물었다. 그러자 50대 중반의 마트 주인은 되레 김 씨 덕에 자신이 운영하는 마트가 유명세를 탔다며 환하게 웃었다.

"길거리에서 몇 번 봤을 때만 해도 형편이 어려워 고물을 줍는 줄 알았습니다. 특별히 관심을 가질 만한 대상도 아니었고요. 한데 어느 날 뉴스를 통해 어르신의 선행을 알고부터는 제 자신이 부끄러웠습니다. 속된 말로 요즘 세상, 얼마나 약삭빠르고 냉정합니까."

"그럼 김영권 씨가 사장님 마트의 고물을 독차지한 것도 바로 그 뉴스 덕이라고 할 수 있겠네요."

"해 드릴 게 없더라고요. 음료수를 갖다 드려도 한사코 마다하시고. 두 해 가까이 지켜봤지만 처음과 끝이 한결같은 분이십니다. 고물을 수거해 간 자리가 어찌나 청결한지 일부러 직원들을 데려가 보여 준 적도 있습니다."

마트 주인과 헤어져 창고로 다시 향할 때였다. 문득 뇌리를 스쳐 가는 곳이 있었다. 음지에서 양지를 지향한다는 국가정보원의 표지석이었다. 그러나 아무리 생각해 봐도 그 표지석이 있어야 할 자리는 그곳이 아닌 듯싶었다.

목에 두른 수건으로 땀을 훔치는 김 씨 내외에게 방금 마트에서 사 온

음료를 내밀었다. 병뚜껑을 따다 말고 김 씨가 나를 빤히 쳐다보았다.

"역지사지라고 했던가. 내 몸이 이리 된 것도 감사할 일이지. 아프니까 꽃도 더 이쁘게 보이고, 단풍도 더 붉게 보이고, 어려운 이웃들의 속사정도 더 잘 보이고…… 만약 그때 저세상으로 가고 말았다면 내 인생이 얼마나 억울했겠나. 고물이 나를 이만큼 살려 준 거지, 뭐."

그러나 지하 창고는 들어올 때와 또 달랐다. 짐을 잔뜩 실은 데다, 깎아지른 경사 때문에 김 씨는 중간께서 핸드카를 잠시 세운 뒤 헉헉 거칠게 숨을 몰아쉬었다. 힘이 부치는지 할머니는 정지된 상태에서 당신의 오른쪽 무릎을 어루만졌다.

얼추 한 시간 만에 집으로 돌아온 김 씨가 재차 손을 놀렸다. 먼저 그는 비를 막기 위해 씌운 포장을 한 귀퉁이 걷어 낸 뒤 핸드카에 실린 종이 상자를 층층이 쌓았다. 지난해까지만 해도 보름에 한 번꼴로 차를 불러 고물상에 내다 팔았으나 요즘은 그게 한 달가량 걸린다고 했다.

"다들 사는 게 어려운 모양이야. 예전에 비해 값이 엉망인데도 고물을 줍겠다는 사람들이 하루가 다르게 늘고 있잖은가."

산더미처럼 쌓인 고물을 덮어씌운 포장을 단단히 고쳐 맨 김 씨가 잠깐 누워야겠다며 방으로 들어간 뒤였다. 남편의 꽁무니를 쫓던 할머니의 시선이 살짝 일그러졌다.

"할머니도 잠깐 쉬시지 그러세요?"

"나까지 쉬면 이 일을 누가 하누."

아닌 게 아니라 마트를 다녀온 할머니의 일손은 더 분주해졌다. 빈 깡통과 플라스틱을 따로 분류해 망에 넣는가 하면 과자 봉지와 담배 갑은 일일이 손으로 펴야 했다. 설상가상으로 할머니는 두 달 전 리어카 꽁무니에 대퇴부를 다쳐 거동이 불편했다.

"할아버지께서도 할머니가 다친 사실을 알고 계시나요?"

"알면 뭐하누. 나야 하루에도 열두 번씩 이 일을 그만두고 싶지만 그게 맘처럼 되느냔 말이지."

정년퇴임한 김 씨에게 청각 장애가 찾아온 뒤였다. 할머니 눈에 제일 먼저 띈 건 남편의 외출이었다. 한 해 한 번 꺼낼까 말까 한 장롱 안 양복처럼 김 씨의 외출은 시간이 지날수록 뜸해지고 말았다.

"안됐지, 뭐. 세상에서 제일 다부지다고 여겼던 저 양반이 무너져 내릴 줄 누가 알았나."

혼자서 울 때도 많았다. 사람들 모인 곳을 일부러 피하는 남편을 보고 있으면 측은한 마음이 들기도 했다. 창살 없는 감옥이 바로 저런 것일까! 미웠던 감정들이 여기에 이르면 할아버지가 살아 있다는 게 고마울 따름이었다.

머리 좀 하지 그래

잠에서 깬 김 씨가 대뜸 더 들을 이야기가 있느냐고 물었다. 얼떨결에 두 개 항의 질문을 더 작성한 나는 그 메모를 김 씨 앞에 내밀었다.

그런데 무슨 일일까. 메모를 확인한 김 씨가 마당에서 일하고 있는 할머니를 힐끗 쳐다보았다.

"앞으로 7~8년? 갚아야 할 빚이 아직 남았으니 그 정도는 더 해야지 않을까?"

순간 철퇴를 맞은 듯 일손을 멈춘 할머니가 눈을 부릅떴다.

"그렇게나 오래요?"

할머니의 표정이 얼음장처럼 굳어졌다. 더 이상의 대꾸도 없었다. 반면 김 씨의 표정은 그와 정반대였다. 지난해 겨울 내 덕에 방송국 구경을 하지 않았느냐며 오히려 할머니를 추궁하고 나섰다.

"아이고! 싫다는 사람 끌고 갈 땐 언제고……."

기가 막히는지 할머니가 허허 헛웃음을 치며 하늘을 올려다봤다. 엉덩이를 들었다 놨다. 보아하니 김 씨도 켕기는 구석이 있긴 있는 모양이었다.

캐럴이 울려 퍼지는 2009년 12월, 점심을 먹다 말고 김 씨는 내일 좋은 데 데려가겠다며 할머니더러 머리를 좀 손질하라고 일렀다. 순간 할머니는 이게 무슨 소린가 싶어 고개를 갸웃거렸다. 이때껏 남편과 함께 가 본 곳이라고 해야 대구에 사는 큰아들 집이 전부였다고 할까. 고물을 주운 뒤로 부부의 일상은 고물에서 해가 떠 고물에서 질 정도로 시계추의 반경을 벗어나지 못했다.

설거지를 마친 할머니는 서둘러 집을 나섰다. 막내가 사는 서울을 떠올렸지만 가망 없어 보였다. 대구에 사는 큰아들도 마찬가지였다. 얼마 전 며느리와 함께 다녀간 것이다. 이제 남은 곳은 집에서 멀지 않은 부곡 온천. 연말을 코앞에 둔 상황에서 갈 만한 곳은 온천밖에 없다는 생각이 들자 할머니는 미용실 주인더러 머리를 전보다 더 꼬들꼬들 말아 달라고 했다. 온천욕 시간이 길어지면 큰맘 먹고 한 파마가 쉬이 풀릴 수도 있었다. 하지만 할머니의 부푼 가슴은 채 반나절도 안 되어 땅 꺼지는 한숨으로 변하고 말았다.

"그날 저 양반이 나더러 뭐라고 한 줄 아남? 당신 귀만 고장 나지 않았으면 나 같은 건 방송국에 데려갈 일도 없다야."

문제는 다음 날이었다. 방송국 건물 안으로 들어가는 게 껄끄러웠던지 김 씨는 경비원을 불러냈다.

"글쎄, 경비원한테 돈을 주면서 하는 말이 반 시간 이상은 절대 못 기다린다, 그러니 그때까지 꼭 영수증을 받아와야 한다. 닦달도 그런 닦달이 또 있을까. 옆에 있는 내가 더 민망스럽더라니까."

뒤늦은 할머니의 폭로에 계면쩍은 듯 김 씨가 자신의 뒤통수를 긁어 댔다. 그런 두 분의 광경을 환한 대낮에 지켜보려니 쿡쿡 웃음보가 터질 지경이었다. 방송국을 찾아가 성금을 내는 일이 마치 희대의 첩보극이라도 되는 것 같았다.

급기야 일이 터진 건 돈을 맡긴 지 채 5분도 안 되어서였다. 김 씨의 허름한 차림을 수상히 여긴 경비원은 엘리베이터를 타려다 말고 뛰어와 두 사람의 행색을 뚫어져라 쳐다보았다.

"그런데 말이지, 그 경비원보다 내가 더 놀랐다니까. 내 생각으로는 500만 원쯤 넣은 줄 알았더니 글쎄, 봉투 속에 1,000만 원이 들어 있다는 거라."

열 길 물속은 알아도 한 길 사람 속은 모른다고 했던가. 다 지난 일인데도 할머니의 상기된 얼굴빛은 좀처럼 수그러들 줄 몰랐다.

경비원에 이어 모습을 드러낸 건 부장이라는 사내였다. 그는 노부부를 보자마자 정중히 고개를 숙인 뒤 건물 안으로 안내했다. 하지만 김씨는 떡 버티고 서서 꼼짝하지 않았다.

"방송국 구경 시켜 준다고 데려갔으면 순순히 따를 것이지 경비실 앞에서 뗴쓸 건 또 뭐람. 무슨 구경난 집처럼 사람들은 몰려오지 저양반은 어서 영수증이나 받아 오라며 버티지, 내 쓸개가 다 녹는 줄알았다니까. 말 나온 김에 한마디만 더 할까? 그날 저 양반, 나 아니었으면 방송국 구경조차 못할 뻔했다니. 저놈의 황소고집에 무슨 수로방송국을 구경할 테야?"

재차 등을 떠미는 할머니의 성화에 못 이겨 방송국으로 들어간 김씨는 지난겨울을 떠올렸다. 막내아들 문제로 아내와 대판 싸운 뒤 그때도 오늘처럼 성금을 경비원에게 맡겼던 것이다.

"칭찬을 듣자고 한 건 아니지만 좋긴 좋더라. 방송국 구경 다 마친뒤 부장이 직접 우리 집까지 데려다 주었는데 온천을 다녀온 것보다훨씬 더 개운한 거 있지."

할머니의 이야기를 끝으로 인근 숙소로 향할 때였다. 미운 정과 고운 정은 떼려야 뗄 수 없는 한통속임을 또 한 번 실감하게 되었다. 미운가 하면 곱고, 고운가 하면 밉기도 한 바로 그 지점에 사랑이 존재한다고 할까. 어쩌면 사랑은 애증을 통해 그 빛을 발하는지도 몰랐다.

저거 아무나 못해

　고물을 줍기 위해 김 씨가 집을 나서는 시각은 오전 8시와 오후 2시. 그렇지만 오늘은 오후 5시경 집을 나섰다. 그것도 김 씨 혼자서.

　김 씨 내외가 사는 집에서 동남쪽 차도로 나와 5분 남짓 걸었을까. 6차선 차도 왼편에 기와를 얹어 지은 경화역이 모습을 드러냈다. 그 건너편에 장이 선다고 했으니 이제 다 온 듯싶었다. 사실 김 씨로부터 서너 걸음 뒤처진 상태에서 보조를 맞추고 있지만 지금의 상황에서는 그 어떤 대화도 불가능해 보였다. 그리고 나는 그제야 비로소 할머니의 마음을 이해할 것 같았다. 모든 게 벽처럼 느껴졌다.

　3일과 8일에 선다는 경화장은 생각보다 훨씬 활기차 보였다. 보쌈집 앞에 자전거를 세워 둔 김 씨는 먼저 장터 말미 쪽을 살폈다. 예컨대 그는 자전거 짐칸에 꽁꽁 묶어 싣고 온 핸드카를 끌고 가야 할지 말아야 할지 그걸 타진하는 듯했다.

　장이 서지 않는 날은 소방 도로로 탈바꿈한다는 그 길을 따라 김 씨가 전을 배회하기 시작했다. 그의 발길이 주로 멈춘 곳은 과일과 야채를 파는 전이었다. 그 광경을 카메라에 담으려는 찰나 웬 할머니가 내 옷깃을 잡아당겼다.

　"어디서 왔어? 서울에서?"

　"아닙니다. 대구에서 왔습니다."

　"김 영감 꼬랑지를 졸졸 따라다니는 걸 보니 신문사에서 나왔구나?"

　바지 하나에 100만 원을 호가하는 백화점에는 거기에 맞는 세련된 언어가 있게 마련이고 장터는 장터대로 저게 과연 상말인지 반말인지 조차 구분이 어려운 정분의 언어가 바람을 쏙 빼닮은 전(塵)처럼 떠돌게 마련이다. 리어카에 과일을 싣고 나온 백발의 노인이 바로 그 맞춤형이었다. 다짜고짜 질러 대는 반말에 장터를 찾은 이유를 설명하자 노파는 탐스럽게 익은 복숭아를 깎아 내민 뒤 다시 입을 열었다.

"저 일 아무나 할 것 같지? 천만의 말씀! 제 입으로 들어갈 게 없는 장사를 언 놈이 하겠노. 저 양반처럼 심지가 곧든지 아니면 이 안(가슴)에 부처가 됐든 예수가 됐든 진짜배기가 들어서야 저걸 할 수 있단 말이다. 저게 어디 사람이 할 짓이가. 구걸 중에서도 상구걸 아이가."

이게 무슨 말인가. 얼른 판단이 서질 않았다. 왼쪽 뺨을 내밀었다가 오른쪽 뺨을 맞았을 때처럼 기분이 얼얼했다. 원효가 이르기를 참 중생은 난전에서 난다고 했던가. 곰곰이 생각해 보니 일리가 있었다. 방금 할머니가 들려준 말을 되뇌며 김 씨 뒤를 다시 쫓는데 '구걸'이란 단어가 머릿속에 실탄처럼 박혀 버린 것이다.

고르지 못한 일기 탓에 그새 하늘이 *끄물끄물* 한바탕 비라도 퍼부을 기세였다. 하지만 김 씨는 하늘 따윈 아랑곳하지 않았다. 이 전 저 전에서 주워 온 종이 상자를 정리하느라 여념이 없었다. 서너 걸음 뒤에 서서 그의 모습을 지켜보던 나는 기회가 주어진다면 이렇게 꼭 한 번 물어보고 싶었다.

'할아버지, 그거 정말 아무나 못하는 겁니까?'

불편한 거동이지만 저금통 두 개로 이웃과 소통하는 노윤회 씨

" 이웃은 아직
따뜻했다 "

태풍이 물러간 오후의 하늘은 힘겨루기가 한창이었다. 하늘이 잠깐 파란 미소를 지으려 하자 심술궂은 먹구름이 다가와 덮쳐 버렸는데 그 속도가 매우 빨랐다. 잘 달궈진 불판에 생고기를 얹었을 때처럼 엎치락뒤치락 둘의 표정이 1~2분 간격으로 바뀌었다. 태풍 곤파스가 남기고 떠난 잔영은 그처럼 한판 닭싸움을 보는 듯했다.

30분 이야기 10분 휴식

택시가 멈춘 곳은 군산시 문화동 주공아파트 건너편이었다. 상가 건

물 초입 왼편에 둥지를 튼 노윤회 씨의 일터는 2층으로 오르는 계단 밑 자투리 공간에 나무판자를 덧대 만든 곳이었다. 공간이 워낙 협소한 터라 마땅히 앉을 만한 곳이 없었다.

"미안합니다. 멀리서 찾아온 손님을 이렇게밖에 맞을 수가 없네요."

무안해하는 노 씨의 표정을 잠시 뒤로한 채 나는 쪽문 오른쪽 구석에 있는 파란색 플라스틱 의자를 가져와 앉았다. 그런데 이번에는 노 씨의 행동거지가 불편해 보였다. 에어컨을 틀어도 션찮을 날씨에 그는 이불을 뒤집어쓴 채였다.

"덥지 않으세요?"

"사실은 제가 몸이 좀 불편합니다. 바람만 스쳐도 통증을 느끼는 그런 병이지요."

그러고 보니 움푹 팬 볼에 퀭한 눈은 며칠 수면을 취하지 못한 사람처럼 보였다.

잠시 후 노 씨가 자신의 하반신을 덮고 있던 이불을 걷어 냈다. 순간 머릿속이 하얘지면서 숨조차 쉴 수 없었다.

"보시다시피 한쪽 다리를 절단했습니다."

"교통사고였나요?"

"아닙니다. 그보다 더 무서운 버거씨병(폐쇄성 혈전혈관염)입니다."

의학계에 따르면 버거씨병은 말초혈관에 염증이 나타나는 질환으로 이 희귀병에 걸리면 혈관이 막히면서 손끝과 발끝 조직이 죽어 간다. 그리고 손과 발끝이 저릿저릿해지면서 나중에는 전혀 감각을 못 느끼는 증상으로 나타나는데 심할 경우에는 노 씨처럼 그 부위를 절단해야 한다.

"이 병을 앓고 있는 환자 대부분은 오늘처럼 맑았다 흐렸다를 반복하는 날씨가 가장 두렵습니다. 다른 날에 비해 통증이 너무 심한 터라 주사 투여 횟수도 늘어날 수밖에 없고요."

아닌 게 아니라 노 씨의 목소리가 처음 같지 않았다. 어금니를 사리문 채 가까스로 통증을 참는 듯했다. 이제 그마저도 어렵다고 판단한 것인지 그는 이야기를 잠시 중단한 채 자신의 왼팔에 주사를 투여했다. 순간 나는 마른침을 꿀꺽 삼키며 노 씨의 팔을 살폈다. 검푸른 빛을 띠는 그의 두 팔은 주사를 투여한 흔적들로 인해 차마 눈 뜨고 볼 수 없었다. 혼신에 혼신을 거듭하고 있는 그의 사투가 한눈에 느껴졌다.

"미안합니다. 이런 날이 종종 있습니다. 웃어 보려고 애를 쓰는데도 짜증부터 나는……"

말끝을 흐린 노 씨의 숨소리가 갑자기 거칠어지기 시작했다. 자연 대화는 가다 서다를 반복할 수밖에 없었다.

"오늘 꼭 안 하셔도 되니 너무 무리하지 마십시오."

"아닙니다. 이보다 더 심한 날도 있는걸요. 사람들 눈에는 제가 한쪽 다리를 절단한 것으로 보일지 모르겠으나 버거씨병 환자가 겪는 통증은 상상을 초월합니다. 더 이상 통증을 이겨 낼 수 없는 한계에 다다르면 의식을 잃기도 하지요."

그보다도 노 씨는 약물 투여에 따른 후유증을 염려했다. 본인이 직접 투여하는 진통제 주사 횟수만도 하루 5~6차례. 사정이 이렇다 보니 그는 장기(간, 위, 신장)의 손상을 피부로 느낄 수 있다. 지난봄부터 그는 끼니때가 제일 고통스럽다고 했다.

"끼니당 세 숟갈 정도 될까요? 그 양을 넘어서면 곧 토하고 맙니다. 그리고 요즘은 물 한 컵을 세 번에 나눠 마시는데 그조차도 몸이 잘 받지 않습니다."

자리에 누운 채 이야기를 들려주던 노 씨가 스르르 눈을 감았다. 그의 간곡한 만류만 없었다면 취재를 다음 기회로 미루고 싶었다.

노 씨가 눈을 뜬 건 담배를 찾는 손님 때문이었다. 한 평 남짓한 공간에는 각종 담배와 오래된 텔레비전, 플라스틱 저금통 두 개가 놓여 있었는데 방금 누웠다 일어난 그의 머리맡에 휴대용 가스레인지와 함께 식기도 보였다.

"조금 전 식사 얘기를 하다 말았는데 언제부터 그런 겁니까?"

"복막염 수술할 때 위 수술을 같이 한 게 화근이었던 것 같습니다. 그 뒤로 음식을 삼키는 일이 엄청 힘들어졌거든요."

혼자 식사를 할 때면 노 씨는 가끔씩 이런 생각이 든다고 했다. 라면으로 버티는 자신의 생명이 과연 얼마나 갈 수 있을까 하는. 그런 노 씨에게 사는 집을 묻자 그는 상체를 일으키더니 길 건너편을 가리켰다.

"저 앞 주공(아파트) 보이시죠? 신호등만 건너면 집인데도 오가는 게 귀찮을 때가 있습니다. 집에 간들 반겨 줄 사람이 있는 것도 아니고요."

그때 나는……

    지금으로부터 8년 전 노 씨는 서른 중반의 평범한 회사원이었다. 활달한 성격에 추진력까지 갖춘 그는 직장 동료들 사이에서 '통맨'으로 통했다. 그런 그에게 까닭 모를 증상이 찾아온 건 서울 문래동 지하철 공사 현장에서 일할 때였다. 종아리에 근육 경련이 찾아왔을 때만 해도 그는 대수롭지 않게 여겼다. 현장 일이 대개 그렇듯이 누적된 피로 때문일 거라고 생각했다. 하지만 무슨 영문인지 휴식을 충분히 취했는데도 근육 경련은 수그러들 기미를 보이지 않았다. 특히 밤을 틈타 찾아드는 통증은 잠을 설칠 정도였다.

    "처음에는 믿지 않았습니다. 아니, 의사 말을 믿을 수가 없었습니다. 한창 나이(36세)에 그 같은 병이 찾아올 거라고 누군들 상상이나 했겠습니까."

    그러나 어느 날 갑자기 찾아온 청천벽력에 노 씨는 손쓸 겨를조차 없었다. 더구나 두 다리만 믿고 대도시의 공사 현장을 누벼 온 터라 의사의 최후통첩은 노 씨에게 사형선고나 다름없었다.

    "아마 모르긴 해도 나이 때문이었을 겁니다. 한쪽 다리를 절단한 후 병실 문을 나서는데 눈물밖에 나오지 않았습니다. 목발을 짚으니 차라리 죽는 게 나았다고 할까요. 세상과의 단절이 피부로 느껴졌고 퇴원이 그토록 슬프다는 사실을 그때 처음 알았습니다."

    제일 먼저 노 씨는 외출을 꺼렸다. 성격 또한 하루가 다르게 포악해졌다. 30년 넘게 자신의 몸을 지탱해 온 두 다리 중에서 왼쪽 다리가 무너지자 생각하고 보는 것들이 자연 삐딱해질 수밖에 없었다.

"몸이 중심을 잃으니까 마음도 어쩔 수 없더라고요. 성난 짐승 한 마리가 내 안으로 들어와서는 밤낮을 가리지 않은 채 으르렁대는 걸 보았거든요."

노 씨를 다시 일으켜 세운 건 가족과 가장이라는 자리였다. 하지만 그것도 물거품처럼 사라지고 말았다. 하늘은 마치 노 씨의 마지막 남은 의지마저 앗아 가려는 듯 시험을 멈추지 않았다.

운전 도중 본인의 과실로 교통사고를 일으킨 노 씨는 무엇보다도 그걸 수습하는 일이 쉽지 않았다. 본인의 치료도 그렇거니와 더 급한 건 피해자와 합의를 보는 거였다. 그러나 왼쪽 다리를 절단하고 두 해 만에 다시 입원한 노 씨는 분노가 치밀었다. 어렵게 구한 합의금과 병원비를 챙겨 아내가 종적을 감춰 버린 것이다.

"다른 돈도 아니고 병원비와 합의금을 챙겨 사라졌으니 그때의 심정이 어땠겠습니까. 숨을 쉬고 있는 것 자체가 고통스러웠습니다. 어린 두 딸은 병실로 찾아와 엄마가 없어졌다며 엉엉 울지, 퇴원을 하려 해도 당장 돈이 없지……. 만일 그때 내 손에 잡혔다면 아내는 죽었을 겁니다."

뒤늦게 소식을 듣고 달려온 초등학교 동창들의 도움으로 퇴원을 한 뒤였다. 분노와 배신감에 사로잡힌 노 씨는 아내를 찾아 나섰다. 그러나 수소문 끝에 찾아낸 아내를 보는 순간 그는 황량한 사막 한가운데 서 있는 기분이었다.

"아내를 보는 순간 이 생각이 먼저 들더군요. 아, 내가 괜한 짓을 했

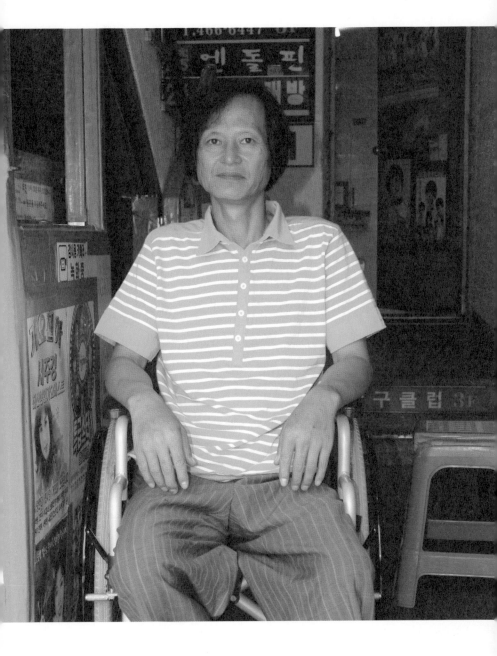

구나! 사는 것도 그렇지만 그사이 가정을 꾸린 남자에게 두 아이가 있다는 소리를 듣고 나니까 이글거리던 분노마저 사라지고 말았습니다."

노여움이 배신으로, 배신감이 허탈감으로 바뀐 건 눈 깜작할 새였다. 손에 묻은 먼지를 털 듯 집으로 돌아온 노 씨는 죽자 사자 술만 마셔 댔다. 사방이 꽉 막힌 데다 마지막 남은 비상구의 불빛마저 꺼져 버린 기분이었다. 자신을 대신해 두 딸을 맡아 줄 사람만 나타난다면 이깟 세상 훌훌 털고 아무 미련 없이 떠날 수 있을 것 같았다.

마음먹은 김에 노 씨는 보름 후 아내를 다시 찾아가 이혼 서류를 내밀었다. 초등학교에 다니는 두 딸마저 뒤로한 채 떠났다면 이쯤에서 아내에 대한 희망을 접고 싶었다. 그리고 머잖아 자신도 곧 떠나야 했다.

"저로서는 선택의 여지가 없었습니다. 제 몸 하나 제대로 가누지 못하는 상황에서 무슨 수로 두 딸을 양육할 수 있겠습니까. 그런데 죽는 것도 쉽지 않더라고요. 두 번째 자살에서 깨어났을 때는 이 생각이 먼저 들더라고요. 제아무리 부부라도 버거씨병에 교통사고까지 낸 남편이 좋으면 얼마나 좋았을까 하는. 때늦은 후회와 반성이 저를 자살의 늪에서 건져 낸 거지요."

3년 만이었다. 수면 위에 가까스로 목을 내놓은 채 허우적대다 제자리로 돌아온 게. 그리고 그때 누군가 손을 내밀었다. 하지만 노 씨는 덥석 그 손을 잡지 못했다. 자신에게 이웃이란 어떤 존재였을까? 고백건대 노 씨에게 이웃이란 있어도 그만이고 없어도 별로 불편하지 않았다. 그렇지만 이웃들의 손길은 그칠 줄 몰랐다. 아침에 눈을 떠 밖으로 나가 보면 문 앞에 밥과 반찬이 이틀 간격으로 놓여 있었다.

두 개의 저금통

아파트 건너편 상가에서 자영업을 하는 이웃들이 찾아왔다. 얼떨결에 그들과 마주 앉은 노 씨는 자신의 귀를 의심했다.

"처음엔 좀 얼떨떨했습니다. 한 분은 저에게 담배 상권을, 다른 한 분은 상가 공간에 담배 가게를 내 주겠다고 했거든요."

골방에 처박혀 지내던 노 씨가 문화동 34-9번지로 출근한 건 1998년 가을께였다. 한쪽 다리를 잃은 지 4년 만에 이웃들의 도움으로 일터를 갖게 된 그는 초등학교에 갓 입학하는 기분이었다. 문제는 퇴근 시간이었다. 한 날 아파트 문을 따고 안으로 들어서던 노 씨는 마치 무엇에 홀린 사람처럼 아내의 환영에 사로잡히고 말았다.

"그게 사랑이었는지 아니면 미움이었는지는 알 수 없으나 무척 힘들었던 것만은 사실입니다. 저녁 9시경 일을 마치고 집으로 들어서면 아내가 꼭 와 있을 것만 같았으니까요."

두 딸을 위해서도 이러면 안 된다고 마음을 다잡았지만 발버둥을 치면 칠수록 아내의 환영은 더욱 집요하게 집 안 구석구석을 휘젓고 다녔다. 어떤 날은 현관을 시작으로 부엌, 욕실 심지어 잠자리까지 파고들었다.

"필이 꽂힌다고 그러지요. 그 무렵 제가 그랬던 것 같습니다. 아내와 동고동락했던 집 안의 흔적들이 횃불처럼 되살아날 때는 내 의지만으로는 도저히 감당을 못하겠더라고요."

물론 가게로 몸을 피한다고 해서 문제가 해결되는 건 아니었다. 일부러 귀가 시간을 늦추다 보니 담배를 파는 시간이 길어질 수밖에 없었는데, 성치 않은 몸으로 밤늦게까지 담배를 팔다 보면 예상치 못한 일들이 종종 벌어지곤 했다. 뛰는 놈 위에 나는 놈이 있다는 말처럼 담배를 달라고 해서 내밀면 그걸 잽싸게 낚아채 달아나는 손님들이 한둘이 아니었다. 그들은 노 씨가 장애인이라는 걸 알고 노리는 소위 상습범들이었다.

판매에 비해 수익금이 형편없는 담배 가게를 운영하면서 겪은 일은 비단 그뿐만이 아니었다. 취중에 행패를 부리는 손님이 있는가 하면 다음 날 일찍 출근해서 보면 담배 가게 문이 아예 뜯겨 있을 때도 있었다.

"지금까지 세 번 털렸는데 참 밉더라고요. 막말로 이건 담배를 털렸다기보다 마지막 남은 제 희망을 강탈당한 거잖아요."

통증이 몰려오는지 노 씨가 자신의 오른손을 치켜들어 이야기를 잠시 중단한 뒤 자리에 다시 누웠다. 핏기라곤 찾아볼 수 없는 창백한 얼굴은 몇 가닥 주름마저 서늘하게 느껴졌다.

깊은 잠에서 깬 노 씨가 창문 입구에 놓인 저금통 두 개를 가리켰다.

"저에게 희망이 하나 있다면 바로 저 저금통일 겁니다. 저녁 늦게까지 담배를 팔면 1만 5,000원에서 2만 원가량의 수익을 올리는데 그중 절반을 저 저금통에 넣습니다."

"혹시 저 저금통을 마련한 연도를 기억할 수 있습니까?"

"글쎄요. 이웃들에게 이 가게를 선물 받고 얼마 안 되었으니 10여 년 된 것 같습니다."

10여 년 전 가을이었다. 두 개의 저금통을 다 채운 노 씨는 가까운 친구를 불러냈다. 두 개의 저금통을 어린이 장학재단에 보내기 위해서였다. 시작이 반이라고 했던가! 두세 달에 한 번꼴로 새 저금통을 구입할 때면 노 씨의 뇌리에 유년의 기억들이 되살아나곤 했다. 민들레 홀씨가 바람에 날려 뿌리를 내리고 싹을 틔우듯 사랑과 희망은 결코 먼 곳에 있지 않았다.

이런 노 씨의 선행이 이웃들에게 알려진 건 한 노인의 딱한 사정을 듣고서였다.

"같은 아파트에 사는 노인 한 분이 3개월째 관리비를 못 내고 있다는 소리를 듣고 가만있을 수가 없었습니다. 급한 대로 우선 40만 원을 드렸습니다."

하지만 노 씨는 자신의 선행이 언론에 밝혀지면서 입장이 난처해지고 말았다. 한쪽에서는 성찬이 일었고, 다른 한쪽에서는 제 앞도 못 가리는 주제에 무슨 불우 이웃 돕기냐며 지탄의 목소리가 높았다. 이런 반대되는 소리를 귀로 직접 듣지 않았다면 또 모를까 노 씨로서는 행동거지 하나하나에 압박이 뒤따를 수밖에 없었다. 신경이 예민한 그로서는 수면제를 복용하지 않고는 잠을 못 이룰 정도였다.

"가장 미안한 건 두 딸이었습니다. 어렵게 고등학교를 졸업한 두 딸이 월급을 타면 얼마간 용돈을 내게 주었는데, 살다 보면 그런 돈이 있잖습니까. 뿌듯하면서도 부끄러운. 양심상 도저히 그 돈을 쓸 수 없어 매달 저 저금통에 넣곤 했습니다."

형편이 어려운 노인에게 덥석 손을 내밀었다 오히려 멱살 잡힌 꼴이 되고 만 노 씨는 침묵으로 일관해 버렸다. 인간은 누구나 저마다의 성격과 주장들을 펴게 마련이듯 절대 선도, 절대 악도 그만큼 위험할 수 있었다. 만약 지금의 이 일터에서 담배를 팔아 밥을 먹기까지 이웃들의 도움이 없었다면 과연 수렁에서 빠져나올 수 있었을까. 자신의 처지에 대해 누구보다 잘 알고 있는 노 씨로서는 지금의 이 보금자리를 마련해 준 이웃들이 고마울 뿐이었다. 매번 되로 주고 말로 받는 이웃들이 아닌가.

그래도 이웃은 따뜻했다

3년 전 노 씨는 어느 지인을 통해 굿네이버스라는 복지 단체를 알게 되었다. 그곳으로 두 개의 저금통을 보내고 한 달여쯤 지났을까. 방학을 맞아 결식아동들이 그 돈으로 물놀이를 다녀왔다는 소식을 접한 노 씨는 펑펑 울고 말았다. 돌이켜 보건대 자신은 두 딸에게 해 준 게 아무것도 없는 그야말로 무능한 아버지였다. 두 딸과 함께 찍은 사진 한 장만 가지고 있어도 죄스런 마음이 조금 덜할 것 같았다. 이처럼 장애에는 혼자만의 고통이 전부가 아니라 가장 가까운 가족마저 그때그때 챙기지 못하는 이중의 고통이 뒤따랐다.

"100만 원 안팎의 돈으로 내 딸이나 다름없는 아이들이 즐거운 한때를 보냈다고 생각해 보십시오. 다른 한편으로 저는 몇 푼 안 되는

그 돈으로 결손가정 아이들에게 직접 밥을 해 주고 바깥 구경을 시켜 준 숨은 일꾼들이 너무 존경스러웠습니다. 적어도 그분들은 누군가에게 희망을 선물하고 있잖습니까."

과연 그럴까? 언론의 여파로 노 씨의 담배 가게를 찾는 손님들이 부쩍 는 건 사실이지만 그에 따른 피로도도 무시 못할 일이었다. 채 반 시간도 안 되어 통증을 호소하는 노 씨의 표정에서 나는 왠지 불길한 생각마저 들었다.

"건강이 안 좋은 것만은 사실입니다. 마지막 남은 한 가닥 외줄에 매달려 있는 심정이랄까요. 그중에서도 불면이 가장 고통스러운데, 지난해 가을부터 지금까지 숙면을 제대로 취해 본 적이 없습니다."

노 씨가 보름 간격으로 진료를 받는다는 담당의사의 말에 따르면 살아 있는 게 기적과 같다고 했던가. 하지만 노 씨는 담담한 말투로 그 기적을 부모님에게 돌렸다.

"부모님보다 먼저 세상을 떠서는 안 된다는 일념 하나로 지금까지 버텨 왔을 겁니다. 부모님을 둔 채 자식이 먼저 눈을 감는다면 어떻게 그 죄를 다 씻어 낼 수 있겠습니까. 저는 그게 두렵습니다."

다음으로 노 씨에게 힘이 되어 준 건 두 딸이었다. 만약 곁에 두 딸이 없다면 어떻게 됐을까? 노 씨는 생각만으로도 끔찍하다고 했다. 그만큼 두 딸은 어떤 희망에 앞서 어제를 돌아보는 거울과 같은 존재였다.

"자신을 정직하게 보는 일, 저한테는 이게 제일 힘든 것 같습니다. 신이 우리 인간에게 부여한 마지막 숙제 같기도 하고요."

어쩌면 그 일환의 하나였는지도 모른다. 얼마 전 병원을 찾은 노 씨는 시신 기증서에 서명을 마쳤다. 몸에서 느껴지는 이상기류 속도가 예전 같지 않았다. 왼쪽 다리에 이어 오른쪽 다리마저 버거씨병 증세를 보이는가 하면, 한 평 남짓한 공간에 틀어박혀 하루 12시간 이상 담배를 팔다 보니 욕창(병으로 오랜 시간 누워 지내는 환자의 엉덩이나 등이 개개어서 생기는 부스럼)은 이제 노 씨의 천적이 되어 버렸다.

"의사들마저 고개를 내젓는 이 희귀병이 사실은 저도 궁금했습니다. 시신 기증서에 사인을 한 것도 그 때문이었고요. 내 몸을 기증해서 누군가에게 도움이 된다면 조금이나마 빚을 갚는 일 아닐까요."

벌써 네 번째, 노 씨의 이야기는 다시 중단되었다. 이번에도 역시 노 씨를 일으켜 세운 건 담배를 사러 온 손님이었다. 그런데 할머니의 표정이 어딘가 모르게 노 씨처럼 몹시 지쳐 보였다.

"그거 줘. 파란 거."

자신의 몸뻬 바지 주머니에서 만 원짜리 한 장을 꺼낸 할머니가 그 돈을 창문 안으로 들이밀었다. 그러자 노 씨도 반가운 지기를 만난 양 익숙한 손놀림으로 '디스' 다섯 갑을 할머니에게 내밀었다.

"할아버지는 어떠셔요? 거동을 좀 하시나요?"

"그냥저냥 해. 글고 본께 요 담배가 우리 영감님한테는 밥이나 진배 없구먼. 영감님이 살아 있을 동안은 이걸 찾을 것 아닌가."

하지만 노 씨는 할머니의 말에 묵묵부답이었다. 웃는 듯 마는 듯 표정 또한 불분명해 보였다. 이에 할머니가 다짐을 두듯 다시 입을 열었다.

"그러니께 사장님도 어쨌거나 꽉 붙들고 있으쇼. 간당간당한 것 같아도 사람 목심(목숨) 줄이 얼매나 질긴디라."

"고맙습니다, 할머니."

두 사람이 나누는 이야기를 듣고 있으려니 그동안 노 씨 가게를 찾은 얼굴들이 슬로비디오처럼 스쳐 지나갔다. 꽤 많은 손님들이 담배를 사갔지만 정작 그 관계는 서먹하기 이를 데 없었다. 하나같이 사막에 부는 바람처럼 느껴졌다. 그에 반해 방금 다녀간 할머니는 좀 더 오래 붙들어 두고 싶은, 톡톡 쏘는 듯한 어투인데도 정감이 넘쳤다.

"시골에서 농사짓고 사는 분인데 할아버지의 담배를 꼭 이곳에서 사갑니다. 텔레비전에서 저를 봤다면서."

"어떠세요, 저런 분을 뵈면."

"뭐 있나요, 고맙고 감사하다는 말밖에. 만약 저에게 이웃이 없었다면 숨이나 제대로 쉴 수 있었을까요? 조금 늦긴 했지만 네 이웃에게 한 것이 내게 한 것과 같다는 그 뜻을 이제야 좀 알 것 같습니다."

10년 넘게 저금통 두 개로 이웃과 소통해 온 노 씨의 담배 가게에 일몰이 찾아들었다. 저녁 식사를 어떻게 할 거냐고 묻자 노 씨는 머리맡에 놓인 라면을 가리켰다. 그런 그와 헤어져 대구로 돌아가려니 좀체 발길이 떨어지지 않았다. 딱 한 끼만이라도 좋으니 나보다 네 살 많은 그와 밥을 같이 먹고 싶었다.

도라지 농사 3년, 꼬깃꼬깃 접은 돈을 비닐봉지 한가득 모은 이공심 씨

"100만 원"

진설리행 버스 시간을 묻자 매표원이 금시초문이라는 듯 고개를 내저었다. 그때 구세주처럼 노란색 조끼를 걸친 터미널 가이드가 다가왔다.

　"그렇게 물으면 여기 사는 사람들도 잘 모릅니다. 행정구역상으로는 진설리가 맞지만 난민촌이 더 익숙하거든요."

　"그럴 만한 사연이라도 있습니까? 듣고 보니 더 혼란스럽네요."

　"진설리가 생겨난 건 육이오가 한창일 때였습니다. 피란길에 오른 이북민들은 인천에서 받아 주지 않아 목포로 내려갔고, 그곳에서마저 쫓겨나서 결국 진도까지 흘러오게 됐습니다."

　"상당히 힘든 피란길이었군요."

　"그분들이 이남에서 겪은 냉대와 텃세는 그것만이 아니었습니다. 마지막 정착지인 이곳 군민들마저 사람 취급을 꺼렸으니 그 고통이 얼마나 컸겠습니까. 농사지을 농토마저 없다 보니 집집마다 엿을 만들어 간신히 연명하는 정도였습니다."

흑백사진 한 장과 다섯 자식

40호쯤 될까? 전라남도 진도군 의신면 진설리에 사는 이공심 할머니 댁은 자그마한 암자와 이웃하고 있었다. 문패를 확인한 후 마당으로 들어서자 지팡이가 먼저 눈에 띄었다. 나무 지팡이 두 개는 화장실 입구에, 등산용 지팡이는 부엌 문 입구에 각각 세워져 있었다.

인기척에 할머니가 방문을 열었다. 할머니는 두 손으로 당신의 허리께를 짚은 꾸부정한 자세였다.

"오셨소?"

"근데 할머니, 웬 지팡이가 저리도 많대요?"

부엌과 화장실 입구에 세워진 지팡이를 가리키자 할머니가 실없이 웃었다.

"3년 전만 해도 지팡이를 안 썼당께. 갑작시레 힘이 쑥 빠져 분께 나로서는 어쩔 수가 없었제. 그라고 장에서 사 온 걸 짚고 다니는디 옆집 스님이 나무 지팡이보다 더 좋은 거이 있담시로 저걸 사다 줬제."

그러니까 세 개의 지팡이는 그사이 서열이 바뀐 셈이었다. 장에서 사 왔다는 두 개의 지팡이는 아까워 버릴 수 없고, 스님이 선물한 신식 지팡이는 높낮이를 조절할 수 있어 할머니가 수시로 드나드는 부엌 문 입구를 차지한 셈이었다.

할머니의 언변은 어딘가 좀 어눌해 보였다. 두서없다기보다는 발음이 명확치 못했다. 이에 대해 할머니는 치매인지 어떤지는 아직 병원에 가 보지 않아 잘 모르겠다고 운을 뗀 뒤 기억력이 예전만 못한 건 사실이라며 짐짓 당신의 머리를 매만졌다.

"혼자 사시는데도 방이 정갈하네요. 정리정돈도 잘 돼 있고요."

"도우미가 다녀가서 그래. 일주일에 시(세) 번 오는디 얼매나 싹싹헌지 몰라."

다섯 살 무렵이었다. 4남매 중 셋째로 태어난 할머니는 달포 간격으로 오빠 둘을 잃었다. 잊을 만하면 찾아와 지구촌을 들쑤셔 놓는 신종 플루엔자처럼 돌림병이 그 원인이었다.

"오라비 둘만 그 일을 당했다면 얼마나 좋게. 자식들 앞세우는 게 싫었던지 이듬해 가을에 엄마도 따라갔어."

이제 남은 식구는 아버지와 여동생뿐. 졸지에 가사를 도맡은 할머니는 적령기를 훌쩍 넘긴 스물넷에야 시집을 갈 수 있었다. 다른 동무들에 비해 한참 늦은 결혼이었는데도 다행히 애는 잘 들어섰다. 그렇지만 남편과 한 이불을 덮고 지낸 기간은 한차례 소나기가 지나간 듯했다. 맏이인 큰딸이 초등학교에 입학할 무렵 3남 2녀를 할머니에게 떠넘긴 채 홀연히 곁을 떠나 버렸다. 그해 할아버지의 나이는 한창 일할 마흔 셋이었다.

"입에서 피 토하는 병을 얻어 갔으니께 지대로 살았다 할 것이 없제. 항꾸네(함께) 육십꺼정은 살아야 낳은 자식 하나라도 여우는(결혼 시키는) 걸 본단 말이여."

사는 게 워낙 궁핍한 처지여서 남은 사람보다 바람처럼 훌쩍 먼 길을 떠난 사람이 더 다행스럽기도 했던 그 시절(1950년대 후반), 이제 할머니 손에 남은 거라곤 남편의 흑백사진 한 장과 다섯 자식이 전부였다.

남편이 떠난 이듬해였다. 건넛마을에 사는 순이가 찾아와 곡물대거리(농촌에서 곡식을 구입한 뒤 장에 다시 내다 파는 장사)를 해 보라며 등을 떠밀었다. 하지만 할머니는 친구가 원하는 답을 주지 못했다. 큰딸은 열 살, 막내는 세 살로, 막상 집을 비우려니 어린 자식들이 눈에 밟혔다. 그러나 곰곰이 생각해 보니 도와주는 이 하나 없는 청상과부 몸으로 날품만으로는 생활이 어려웠다. 한 해 농사가 시작되는 봄부터 추수까지는 그럭저럭 식구들 입으로 밥술이야 들어갔지만 서리가 내릴 즈음엔 걱정이 태산이었다.

"나같이 없는 사람한테는 애 잘 들어서는 것도 죄가 되더라니까. 막내만 들쳐 업고 나갈랑께 나머지 것들이 눈에 밟혀 자꾸 집 있는 쪽을 돌아보게 되는 거라. 그래도 다행인 것은 델꼬 나간께 지 몫은 하더라는 거여. 그것이 곁에 있어서 그런지 대놓고 집적대던 사내들이 설설 꼬랑지를 내리더랑께."

날품 파는 것보다야 더 나을 거라는 친구의 간청에 못 이겨 장삿길로 나섰지만 가는 길이 다르고 오는 길이 달라 보였다. 들어오는 돈은 쥐꼬리만 한 반면 하루해는 벽에 붙여 놓고 나온 껌을 닮은 듯했다. 늘 집에 두고 나온 아이들이 걱정이었다. 번갈아 서는 5일장을 찾아다니는 일도 여간 고역이 아니었다. 인적 뜸한 밤길을, 그것도 두 귀가 떨어져 나갈 듯한 눈보라를 헤쳐 귀가할 때면 혼자 떠난 남편이 더욱 원망스러웠다. 친정이 있나 그렇다고 시댁을 찾아갈 수 있나, 할머니 혼자서 다섯 자식을 감당하기에는 너무 벅찼다. 손바닥으로 잠시 하늘만 가릴 수 있다면 다섯 중에서 둘을 애 못 낳는 집에 주고 싶었다.

"시댁이 있은들 뭘 하누. 추석 전날 애들 데리고 찾아갔다 반 시간도 못 돼서 쫓겨났다니께. 안즉 쉰도 안 된 제 서방 잡아묵은 년이라고 시어머니가 죽일 듯이 몰아붙이는디 무슨 염치로 추석을 쉴 것이여. 어린것들 앞세우고 쫓기듯이 집으로 돌아오는디 오만 정이 다 떨어지더랑께."

장사할 때 걷는 일이 제일 힘들었다는 할머니가 윗목 벽에 걸린 액자를 가리켰다. 혈기왕성할 때 세상을 떠서 그런지 남편은 생각보다 건장해 보였다. 물론 할머니에게 액자 속 주인공은 길이면서 고생이요, 눈물과 원망이면서 희망으로 존재했었다. 두 발이 퉁퉁 붓고 쑤실 때도 남편 사진을 가슴에 품은 채 한바탕 울고 나면 거짓말처럼 통증이 싹 가셨다.

큰딸은 불 때고 나는 빵 궈서 팔고

무럭무럭 크는 아이들을 보고 있으면 할머니는 되레 겁이 났다. 먹고사는 거야 어떻게든 되겠지만 자녀들 공부를 생각하면 잠이 오지 않았다. 해서 할머니는 장이 서지 않는 이틀은 읍내에 나가 풀빵을 팔았다.

"그때는 장작을 때 빵을 궜는디, 빵 궈서 파는 건 둘째 치고 산에 가 나무를 해 오는 게 더 힘들었다니. 큰딸이 고생 많았지, 뭐. 큰딸은 불 때고 나는 빵 궈서 팔았으니께."

그러나 할머니의 표정은 여전히 밝지 못했다. 풀빵까지 구워 파는데도 한 치 앞을 내다볼 수 없었다. 만일 남편이 살아 있다면 자식들 진로에 대해 어떤 결정을 내렸을까? 장사를 마치고 귀가할 때면 할머니는 멈칫멈칫 어딘가를 뒤돌아보는 버릇이 생겼다. 어떤 날은 그길로 도망쳐 버리고 싶을 때도 있었다. 흔히 하는 말로 빵은 빵일 뿐이었다. 메뚜기도 오뉴월 한철이라고 날이 더워지는 5월에서 9월까지는 파리만 날렸다.

"세상 일이 내 뜻대로 돼야 말이지. 사나흘 반짝 날이 좋았다가도 저녁밥 묵고 나면 비가 오는 것처럼 풀빵 장사가 딱 그렇더라니. 한철 벌이로는 솔찬해(꽤 많아) 보여도 그것이 밥처럼 진득헌 구석이 없잖어."

5남매 중 하나만이라도 가르쳐 볼 거라고 큰아들을 중학교에 넣은 뒤였다. 납부금 고지서를 받아든 할머니는 남의 물건을 훔치다 들킨 사람처럼 가슴이 쿵쿵 뛰었다. 1학년 1학기는 겨울철 풀빵 장사 덕

에 제 날짜를 맞출 수 있었지만 2학기 납부금은 꿈조차 꿀 수 없었다. 장사를 마치고 귀가하던 할머니는 집 앞 논두렁길을 하염없이 걸었다. 아마 같은 길을 수백 번 오갔을 것이다. 청승맞게도 하늘에는 보름달이 둥실 떠 있었다.

"(마음이) 지랄 같았지, 뭐. 큰아들이 눈 빠지게 나만 기다리고 있을 거라는 걸 뻔히 알면서도 발이 떨어져야 말이지. 그라고 죄가 뭐 별것이간디. 머릿속에 남아 있고 이 가심(가슴) 속에 박혀 있으면 그게 다 죄 아닌감?"

한바탕 울음으로 대신하고 나니 아침이 밝아 오고 있었다. 하지만 할머니의 몸은 천근만근, 이대로는 도저히 장사를 나갈 수 없었다. 하루를 쉬면서 깨달은 건 자신은 절대 오뚝이가 될 수 없다는 거였다. 뭐랄까 남이 울면 자신도 따라 우는, 팔자로 치면 할머니는 무논의 개구리 정도였다.

"뱁새(뱁새)가 황새로 돌변할 수 없다는 걸 내 그날 뼈저리게 느꼈제. 빤한 살림에 애들을 무슨 수로 중학교에 보낼 거여."

겨우 한글을 깨친 자녀들이 하나둘씩 진도를 떠나고 있었다. 큰딸이 결혼한 뒤로 풀빵 장사를 접었지만 할머니의 일손이 줄어든 건 아니었다. 남의 밭을 빌려 도라지 농사를 짓는데도 가계는 여전히 밑 빠진 독에 물 붓기였다.

'이리도 가난의 뿌리가 질겼단 말인가!'

탄식이 절로 나왔다. 그리고 그 끝을 알 수 없었다. 만에 하나 지금의 상황에서 눈을 감게 된다면 저승에서까지 한으로 남을 것 같았다.

자식만 다섯을 낳았을 뿐 제대로 가르친 자식이 하나도 없으니 그 원망이 얼마나 클 것인가.

하늘이 도왔던지 막내아들은 무사히 중학교를 마칠 수 있었다. 욕심 같아선 고등학교까지 마쳐 주고 싶었지만 당신의 능력으로는 역부족이었다.

"장사함시로 내 입으로 들어가는 점심은 없었제. 하루 두 끼 먹음시로 40년을 살았으니께. 그란디도 안 되는 건 안 되더라니. 하늘을 붙들고 통사정을 하는디도 내 기도를 들어줘야 말이제."

가슴에 뭉쳐 있던 시퍼런 것이……

비로소 홀로 남은 고향. 계절은 서둘러 찾아오건만 근심의 무게는 좀처럼 줄어들지 않았다. 더도 말고 덜도 말고 고등학교까지만 마쳐서 내보냈다면 춤이라도 출 것 같았다. 하지만 할머니는 시간이 흐르면 흐를수록 하늘을 보는 게 부끄러웠다.

"미안하다는 말밖에 할 말이 없지, 뭐. 꼴랑 한 장뿐인 초등학교 졸업장을 어다다 내밀 거여."

사람은 누구나 스무 살을 넘어서면 주어진 복대로 살아갈 거라고 여겼던 막내딸이 진도로 내려왔다. 순간 할머니는 납덩이가 되어 돌아온 딸의 안색에 대성통곡하고 말았다.

"소식 한 장 없이 그것도, 의사도 고칠 수 없다는 병(식도암)을 안고 찾아왔는디 정말이제 콱 죽어 불고 싶더랑께. 언제 꺼질지 모를 목숨을 붙들고 있는 딸하고 하루하루를 보내잔께 숨이 막히고 심장이 터져 불 것 같고. 저놈의 몹쓸 병이 제때 먹이지 못하고 제때 가르치지 못해 생긴 것 같아 헛간에 둔 농약병을 들었다 났다 한 게 한두 번 아니었제."

이런 어미의 마음을 알았는지 몰랐는지 막내딸은 귀향 두 달 만에 눈을 감고 말았다. 나이라도 많으면 또 모를까, 한창 꽃 피어날 스물셋. 함께 죽을 수는 있어도 그 죽음을 내 힘으로는 어쩔 수 없다는 사실에 할머니는 식음을 전폐했다. 낮인지 밤인지도 잊은 채 딸이 묻힌 무덤을 찾아가서는 못난 이 어미를 용서해 달라며 목 놓아 울다가 병원으로 실려 간 적도 있었다.

"죽고만 싶었제. 이웃들 얼굴 보는 것도 그렇고. 막내딸 묻힌 무덤 쪽만 바라봐도 가심이 씨린디 어쩔 것이여. 저나 나나 못할 짓을 한 거제. 흙에 묻히지 못하고 내 가심 속에 묻혀 버렸잖여."

누가 찾아온 걸까, 밖에서 인기척 소리가 났다. 어제 오후 변기와 연결된 수도관이 터져 임시방편으로 잠가 뒀는데 그걸 다시 고쳐 보겠다고 찾아온 동네 할아버지였다. 그런데 가관인 것은 할아버지의 응대였다. 어제 할머니의 전화를 받고 설비 가게 몇 곳에 전화를 걸었다는 할아버지는, 글쎄 이 나쁜 놈들이 지들끼리 짜고 화투를 치는 양 휘딱 전화를 끊거나 바쁘다는 핑계로 꼬리를 뺀다며 끙 핏대를 세웠다.

"요놈의 시상이 어쩔라고 이러는지 모르겠소. 인정머리라고는 코빼기도 찾아볼 수 없당께. 아이, 젠장. 조막만 한 설비 가게를 하는 주제에 바쁘면 얼마나 바빴겄어. 저깟 일이야 돈도 몇 푼 안 될뿐더러 여까지 올라믄 거리도 솔찬한께(꽤 머니) 그러는 거 아녀!"

타들어 가는 농촌의 현실이 새삼 어제오늘의 일일까 마는 잠시 다녀가는 길손의 눈으로 보아도 안타까운 심정이었다. 할머니와 둘이서 다섯 시간 넘게 이야기를 나누고 있지만 정작 할머니는 더듬대기 일쑤였다. 이런 노인의 집에 변기로 연결되는 수도관이 터져 이틀째 사용을 못하고 있다면 얼마나 답답할 노릇인가.

큰아들은 광주에서, 큰딸은 다섯 해 전 남편과 사별한 뒤 읍내에 살고 있다며 자식들의 근황을 하나하나 짚어 줄 때였다. 장학금 기탁에 대해 묻자 할머니는 소녀처럼 낯이 붉어지고 말았다.

"그딴 걸 왜 묻는디야. 돈이라고 해야 100만 원밖에 못 냈는디……."

지난해 봄이었다. 할머니는 푼푼이 모은 돈을 챙겨 이웃하며 지내는 스님을 찾아갔다. 도라지 농사를 지어 꼬박 3년을 모은 이 돈을 어디에 써야 할지 그걸 상의하기 위해서였다. 할머니를 만나고 돌아오는 길에 잠시 들른 스님의 말에 따르면 살아생전 그런 돈은 처음 봤다고 했다.

"꼬깃꼬깃 접은 돈을 비닐봉지에서 꺼내는디 내 콧등이 먼저 시큰거립디다. 부처님을 모시는 손으로 그 돈을 받았으니 내 기분은 어쨌겄소. 3년을 모았다는 그 돈을 내밀면서 이리 부탁합디다. 요새도 월사금 못 내서 공부를 중단하는 학생들이 있을지 모르니 그 돈을 거기에 써 달라고."

어쩌면 그건 나눔이 아니라 한이었는지도 모른다. 할머니도 말하지 않았던가. 큰아들이 중학교 1학년 2학기를 끝으로 학교를 접었을 때 집 앞 논두렁길을 오가며 하염없이 울었노라고.

"혹시 이런 말 들어 보셨소. 인(사람)이 백(백 명)이라도 근본(마음)을 잃어 버리면 실천이 뒤따를 수 없다는. 그러고 보면 저 어르신이 바로 부처가 아닐까 싶소. 비록 몸은 헐벗었지만 마음을 잃지 않았기에 실천하는 것 아니겠소?"

굳이 스님의 이야기를 빌리지 않더라도 이공심 할머니한테는 그윽한 향기가 느껴졌다. 여든 중반의 노인에게서 찔레꽃 순정을 보았다 할까. 언변이 어눌한 가운데도 할머니는 싫은 내색 한 번 없이 당신의 이야기를 조곤조곤 들려주었다.

스님에게 맡긴 100만 원을 잘 받았다며 군청에서 전화가 걸려 온 날이었다. 그래도 가까이 사는 큰딸한테만큼은 이 사실을 알려야 할 것 같아 수화기를 든 할머니는 귀청이 떨어져 나가는 줄 알았다.

"말을 꺼내기도 전에 큰딸이 소리부터 내질러 쌌는디, 남들처럼 배짱 좋게 맛있는 것 하나 못 사 먹는 주제에 그 돈을 뭣 땜시 냈느냐는 거제. 설사 딸이 그리 말을 했어도 내 생각은 좀 달랐구먼. 그날에서야 내 가심 속에 뭉쳐 있던 시퍼런 것이 녹아내리는 걸 봤으니 얼마나 다행이여."

그때가 언제였을까. 너무 오래되어 제목은 잘 생각나지 않지만 소설 속 이 문장만큼은 지금도 생생하다.

'사람을 춥게 만드는 건 비바람 눈보라 때문만은 아냐. 바로 사람 때문이지.'

살아오는 동안 남편의 존재를 한시도 잊어 본 적 없다고 했던가. 그리고 막내를 낳았을 때 '자식들 중에서 이놈이 제일 잘생겼다'는 남편의 한마디에 힘입어 그간의 풍파를 묵묵히 견뎌 왔노라고 했던가. 거동이 불편한 가운데도 할머니는 돈을 모으는 중이라고 했다.

"얼마나 모으셨는데요?"

"그건 알아 뭐 하게?"

"많이 모았으면 차비 좀 달라 할까 해서요."

"참말이여? 아이고, 내 정신 좀 봐라. 부모님은 목포에 계시고 임자 사는 곳은 대구라고 했제?"

이야기를 나누다 말고 할머니는 부랴부랴 당신의 몸뻬 바지 주머니를 뒤적였다. 그런 할머니의 손동작을 지켜보는데 킥킥 웃음이 나왔다.

"진짜 주시려고요?"

"그럼 줘야지."

20만 원쯤 될까, 할머니는 주머니에서 꺼낸 돈을 방바닥에 펼쳐 놓았다.

"혹시 이 돈 어디에 쓰실 거예요?"

"또 알아, 월사금 못 내서 학교 못 가는 애들이 더 있을지. 나야 그작저작(그럭저럭) 세 끼는 먹잖어."

아, 여기에 대고 무슨 말을 덧붙일 것인가. 머잖아 할아버지를 만나

러 갈 거라는 할머니의 말을 끝으로 옛 난민촌을 빠져나오는데 자꾸
만 이 노래가 입안에서 맴돌았다.

다시 태어난다면 바람처럼 불꽃처럼 나비처럼 지켜 줄게
이 손 놓지 않아 모든 걸 버린다 해도
그대는 내 작은 떨림을 아나요 숨길 수 없는 이 마음을
그댈 볼 수 없는 세상이라면 내겐 의미가 없는 거죠
얼마나 지나야 당신을 만날 수 있나요
울며 지샌 많은 날들이 날 울려요

잃어버린 마음속 장구 가락을 되찾은 이옥선 씨

**"사람 나고 돈 나야
좋은 세상이지"**

충북 보은군 보건소는 어려운 형편임에도 불구하고 평생 모은 돈을 보은군민장학회에 기부한 위안부 피해자 할머니의 건강을 체계적으로 돌보기로 했다.

2009년 8월 6일 뉴시스

2004년 겨울이었다. 일본군 위안부 피해자 할머니의 평전 집필 청탁을 받은 나는 선뜻 답을 주지 못했다. 그 중심에 자리한 사안이 얼마만큼 민감한지 그걸 잘 알고 있기 때문이었다. 가방을 챙겨 보은으로 향하는 길도 예외일 수 없었다.

그사이 무슨 일이 있었던 걸까. 터미널에서 만난 양선옥 간호사(속리산 보건소 근무)의 표정이 잔뜩 굳어 있었다. 어제와 비교하면 분명 다른 기운이었다. 어제 오후 통화를 할 때만 해도 양 간호사는 이옥선 할머니께서 만날 의향을 내비쳤다며 나를 부른 것이다.

"여기까지 오셨는데 죄송합니다. 오전에 무려 네 차례나 전화를 드렸는데도 할머니의 대답은 변함이 없습니다."

"일단 한번 만나 보겠습니다. 그래도 불편해하신다면 어쩔 수 없는 일이고요."

속리산으로 차를 몰았다. 법주사 입구가 모습을 드러낼 즈음 내 마음은 더욱 무거워졌다. 풍성한 오곡들이 넘실대는 차창 밖 가을 풍경이 흑백사진처럼 느껴졌다.

도착한 곳은 요녕성 해성시

이옥선 할머니 댁을 안내해 준 양 간호사를 밖으로 내보낸 나는 숨을 골랐다. 3분만 설명을 드린 후 그래도 반응이 없으면 일어설 생각이었다. 우선 나는 그동안 만난 위안부 피해자 할머니들의 이야기와 함께 몇 분의 이름을 꺼냈다. 아나나 다를까. 등을 돌린 채 누워 있던 할머니가 반응을 보이기 시작했다.

"대구에서 왔다고?"

"그렇습니다, 할머니."

"실은 나도 내당동에서 태어났어."

내당동이면 내가 살고 있는 곳 건넛마을이다. 반가운 마음에 나는 상체를 비스듬히 일으켜 세운 뒤 자세를 고쳐 앉는 할머니의 손을 꼭 쥐었다. 이런저런 계기로 정신대 할머니를 몇 분 만나 봤지만 그 속내를 드러내기까지는 적잖은 시간이 필요했다. 다행히 이옥선 할머니는 그분들에 비하면 마음의 문을 일찍 연 편이었다. 불과 10여 분만에 당신이 태어난 대구 시절로 돌아간 것이다.

"이미 돌아가시고 없는 분을 들먹여 미안하지만 우리 아버지는 별로 하는 게 없었다. 살길 막막한 엄마가 대신 그 고생을 다했다고 할까. 채소 팔다 안 팔리면 두부 팔고, 두부 팔다 날 더워지면 곡식 떼다 팔았단 말이지."

그래도 할머니 댁은 방이 다섯 개나 되는 집을 한 채 갖고 있어 거기서 들어오는 월세가 제법 짭짤한 편이었다. 하지만 어머니의 이른 사망에 안팎으로 시련이 찾아왔다.

"환경이 참 무서운 것 같아. 엄마가 떠난 뒤로 자꾸만 이 생각이 드는 거라. 갑작스런 태풍으로 집채만 한 배가 뒤집힌 것 같은."

그런 어느 날 웬 미모의 여자가 집으로 찾아왔다. 사십대 초반의 여자는 할머니를 보자마자 좋은 곳에 취직시켜 주겠다며 귀를 솔깃하게 만들었는데 할머니의 생각은 반반이었다. 두려운가 하면 어디론가 훌쩍 떠나고도 싶었다.

"집안의 가장은 아버지가 맞지만 그 집을 데우고 빛내는 건 엄마란 말이지. 그랬던 엄마가 우리 곁을 떠나고 말았으니 집이 춥고 어두울 수밖에. 아버지의 죽음이 세상을 반쯤 잃은 거라면 엄마의 죽음은 전부를 잃은 것 같았거든."

그로부터 일주일 뒤 미모의 여자가 할머니를 다시 찾아왔다. 그를 따라 도착한 곳은 서문 시장 부근 기생 학원. 숙식 제공에 수련을 마치는 즉시 돈 많이 버는 곳에 취직시켜 준다는 여자의 말에 할머니는 더 이상 토를 달지 않았다. 당장 급한 건 공부였다. 기생이 되기 위한 책만도 10여 권, 여기에 장구, 시조, 판소리 등이 더해지자 머리에 쥐가 날 것 같았다. 특히 악보가 전혀 없는 춘향가나 수궁가, 적벽가 등으로 한껏 목청을 돋우고 나면 온몸이 땀범벅이 되었다. 숨을 들이쉬지 않은 가운데 날숨만으로 몇십 초씩 소리를 뽑아내야 하기 때문이다.

"그냥 노래를 부를 때와 정식으로 배울 때는 달라. 모자라서도 안 되고 넘쳐서도 안 되고, 조절이 중요해."

조금 혹독하다 싶을 정도로 수련 과정이 까다로운 기생 공부를 반 년에 걸쳐 무사히 마친 뒤였다. 대구역 대합실에 스무 명 남짓한 여자들이 삼삼오오 모여 있었다. 기차에 오른 할머니의 최종 도착지는 중국 요녕성 해성시. 하지만 할머니는 심양에서 버스를 타고 대련 방향으로 두 시간쯤 가다 보면 모습을 드러내는 해성에 대해 아는 게 전혀 없었다. 그도 그럴 것이 돈 많이 버는 곳으로 간다고 해서 따라왔을 뿐 도착한 시간마저 새벽 2시경이어서 딱히 물어볼 사람도 없었다.

기간은 2년

열일곱 살 소녀의 머리 위로 해가 떠올랐다. 그제야 할머니는 이곳이 남의 나라임을 알 수 있었는데 뒤이어 나타난 군인 무리에 그만 기겁하고 말았다.

"난리가 났지, 뭐. 떼돈을 벌 수 있다는 말에 속아 도착해 보니 죄 일본군뿐이었단 말이지."

어떻게든 이곳을 벗어나야 한다는 일념에 꼬박 사흘을 끼니마저 거른 채 발버둥 쳤지만 때는 이미 늦어 보였다. 더구나 기차를 타고 오던 중 절반가량이 중간에서 내려 버려 이제 남은 수라고 해야 10여 명에 불과했고, 어느 틈에 사라졌는지 미모의 여자는 그 뒤로 코빼기조차 보이지 않았다.

"그때 겪은 이야기를 다 하자면 아마 한 달 가지고도 부족할 거야. 기간은 2년이었지만 내 몸은 하루아침에 만신창이가 됐단 말이지. 열일곱 살 먹은 처녀를 단 하루도 거르지 않고 수십 명의 일본군들이 짓밟아 댔으니 그 고통이 어땠겠나. 여자로서 내 인생은 그때 이미 절단난 거라."

일제의 잔혹함이 극에 달한 1943년, 일본군을 위한 위안소는 도처에 깔려 있었다. 2001년 겨울, 중국 길림성 훈춘에서 사망한 조윤옥 할머니의 육성에 따르면 일본군의 만행은 유대인 학살에 버금갈 정도였다.

"하루 평균 스무 명은 됐을 거라. 그중 대부분의 왜군들이 뭐라고 지

껄인 줄 알아? 자신들도 언제 죽을지 모를 목숨이라며 돈이고 부모고 조국이고 눈에 뵈는 게 없다는 거야. 그러니 그들 눈에 나 같은 게 보이기나 했겠어. 내 평생 애 한 번 못 낳은 것도 다 그 때문이야. '긴각구'라는 위안소에 들어가면 주인이 미리 나눠 주는 약이 있는데 그게 바로 수은이야. 냄새만 맡아도 콧구멍이 헐 정도로 독한 약이었지. 그 걸 환으로 조제해 먹였으니 무슨 수로 애가 들어서겠나."

같은 시대에 태어나 똑같은 치욕을 온몸으로 견뎌 낸 조윤옥 할머니의 생전 육성을 들려주자 이옥선 할머니의 표정이 금세 어두워졌다. 더욱 놀라운 사실은 해방 직후 소련군의 등장이었다.

"왜군들이 철수하고 사나흘쯤 되었나? 벌 떼처럼 들이닥친 소련군들이 막무가내로 따발총을 갈겨 대는데……. 나는 그때가 제일 무서웠던 것 같아. 말이 통하길 하나 그렇다고 반항을 할 수 있나, 시키는 대로 따르지 않으면 진짜 쏴 죽일 기세였다니까."

소련군의 만행이 일단락된 건 인근에 사는 한족 할머니들의 도움이 컸다. 밤새 총을 쏴 대는 소리를 듣고 달려왔다는 그들은 이미 만신창이가 된 조선의 처녀들을 밖으로 끄집어냈다. 가까스로 죽음의 문턱에서 목숨을 건진 할머니는 눈물조차 나오지 않았다.

"슬프고 아팠을 때와 비교하면 사정이 좀 달랐던 것 같아. 이틀 넘게 소변을 못 봤을 정도로 공포에 떨었으니."

한 한족 할머니의 도움으로 창고에 숨어 지낼 때였다. 밖에서 "조선의 처녀들을 내놓으라."는 누군가의 고함 소리가 들려왔다. 순간 할머니는 설움과 감격에 북받친 나머지 엉엉 울음을 토하고 말았다. 이 얼

마 만에 들어보는 조선말인가! 벅차오르는 감격에 밖으로 뛰어나가 보니 마당에 세 명의 조선 남자가 서 있었다.

"사람의 마음이 간사해도 그리 간사할까. 처음엔 기뻐서 펑펑 울었지만 사나흘 지나고 보니 이게 아닌 거라. 아무에게도 말하지 않은 우리들의 과거에 대해 속속들이 알고 있을 거라 생각하니 차마 고개를 들 수 없는 거라."

뿐만 아니라 할머니는 근 두 해를 일본군만 봐 오다 조선 사람을 봐서 그런지 모든 게 낯설게 느껴졌다. 무엇보다도 인간의 마지막 옷이라고 할 수 있는 수치심이 고개를 쳐들 때는 혀를 깨물고 싶었다.

이런 할머니의 마음을 잠깐이나마 어루만져 준 건 신의주에서 만난 아낙들이었다. 봉천(심양)에서 갈아탄 기차가 신의주에 도착할 즈음 이거 먹고 어서 고향에 가라며 생면부지 아낙들이 뛰어와 주먹밥을 나눠 줬는데, 그걸 받아 든 할머니는 울컥 목이 메었다. 시간만 두 해였지 짓밟힌 것 말고는 위안소에서 무얼 받아 본 기억이 없었다. 위안소의 주인을 일컫는 오또상이나 오까상이나 저울에 올려놓고 보면 오십보 백보였다 할까. 오또상은 같은 동포인 위안부들을 감시하느라 쥐새끼가 되었고, 오까상 역시 입만 열었다 하면 이년저년 욕설이 난무했다. 한술 더 떠 여성들의 심리를 누구보다 잘 알고 있는 오까상은 오히려 생리 때면 그걸 교묘히 이용해 독한 약으로 다스리곤 했다.

"그러니 눈물이 날 수밖에. 이날 이때껏 그렇게 고마운 밥을 먹어 본 기억이 없단 말이지. 내 그때 쉬어 버리는 것만 아니었다면 그 주먹밥을 평생 간직했을 거야."

요녕성 해성시를 떠나 대구에 도착한 건 그로부터 꼭 닷새만이었다. 그렇지만 할머니는 좀처럼 집을 찾을 수 없었다. 예컨대 그것은 한곳에 너무 오래 갇혀 지낸 탓인지도 몰랐다.

나는 군인이 싫어

두 해 만에 돌아온 할머니로 인해 마을은 눈물바다로 변했다. 옥선이 너는 이렇게 보란 듯이 살아서 돌아왔건만 아직 우리 딸은 소식조차 없다는, 동네 어른들의 울먹임에 할머니는 마치 볼멘소리를 들은 양 마음이 무거웠다. 옷으로 치면 본인이야말로 누더기를 걸친 귀향이 아닌가.

"아버지와 여동생이 맨발로 뛰쳐나와 나를 얼싸안는데도 정작 나는 허수아비처럼 서 있었다니까. 집은 또 왜 그렇게 낯설게 느껴지던지. 닷새쯤 지나니까 숨이 콱콱 막히는 거라."

지레 겁을 먹은 할머니는 가족들에게 온다 간다 한마디 없이 무작정 집을 나와 버렸다. 발길 닿는 대로 걸으며 몇 차례 고개를 내저어 봤지만 집으로 다시 돌아가고 싶은 마음은 없었다.

"지금도 그렇지만 나에 대해 잘 아는 사람일수록 불편해. 일부러라도 멀리할 수밖에 없고."

물론 모르는 바 아니었다. 그런다고 해서 무엇이 달라지거나 근본적인 해결책이 될 수 없음을. 그럼에도 한 가지 분명한 사실은 열아홉 살이 마흔처럼 느껴졌다는 점이다. 아니, 그렇게 할 수만 있다면 할머니는 어서 쉰이 되고 일흔이 되어 아무도 모르는 곳으로 회오리처럼 사라지고 싶었다.

대구 집에서 닷새를 머물 때 딱 한 번 만난 적 있는 옆집 아주머니의 주선으로 경기도 운천에 도착한 할머니는 다방과 술집을 전전하며 미국산 물건을 팔았다. 당시 운천은 해방 직후 미군들이 한국으로 속속 들어오면서 이른바 '양키 물건들'이 넘쳐 났는데, 할머니의 주 고객은 양색시(미군 병사를 상대로 몸을 파는 여자)였다. 할머니는 그들을 상대로 미국산 화장품과 속옷을 팔았다.

"그때 내 머릿속에는 세 가지가 박혀 있었던 것 같아. 고향은 갈 수 없는 곳. 소련군의 따발총 소리. 신의주에서 받아먹었던 주먹밥 한 덩어리."

운천에 온 지도 어느 사이 1년이 지나고 있었다. 놀란 가슴에는 웅담이 최고라는 주변 사람들의 말에 할머니는 돈을 아끼지 않았다. 위안소에서 보낸 시간들과 소련군의 따발총 소리는 하루도 편히 잠을 못이룰 정도로 할머니를 괴롭혔다. 아닌 게 아니라 웅담의 효능은 소문대로 곧 나타났다.

"제법 비싼 데다 어렵게 구한 약이어서 그런지 딱 두 번 먹고 나니까 깊은 잠을 잘 수 있는 거라. 신기하다 싶었지, 뭐. 전 같으면 아침에 눈을 뜨는 일이 무섭고 두려웠었는데 그걸 먹은 뒤로는 말끔히 사라진 거라."

하루는 꿈에 집채만 한 미륵이 보였다. 그리고 잠시 후, 사람의 형상을 한 누군가가 나타나더니 할머니의 등을 떠밀었다. 화들짝 잠에서 깬 할머니는 넋을 잃은 채 한동안 생각에 잠겼다.

'대체 그곳은 어디였을까?'

날이 밝자 할머니는 밑져야 본전이라는 마음에 주위 사람들에게 꿈 이야기를 들려주었다. 그러자 한 아주머니가 처녀한테 미륵이 보였다면 속리산밖에 없다며 그곳으로 가는 길을 알려 주었다. 지난밤 꿈이 너무도 생경한지라 할머니는 당장 짐을 꾸렸다. 그동안 운천에서 두 해를 보내며 느낀 거지만 할머니에게 군인은 여전히 두려움의 대상이었다. 일종의 제복 공포증이랄까. 어떤 날은 카키색 군복을 입은 군인을 보면 피가 솟구쳤다.

"자라 보고 놀란 가슴 솥뚜껑 보고 놀란다는 옛말도 있듯이 나는 그게 아군이든 적군이든 군인은 싫어. 진짜 무서운 적은 여기(가슴)에 있다잖아."

속리산 입구 여관에 여장을 푼 할머니는 아침저녁으로 미륵을 찾아 갔다. 혹 그것이 하느님이든 부처님이든 공자든 맹자든 자신의 꿈과 사랑, 그리고 미래까지 송두리째 앗아 간 상처를 아물게 하는 일이라면 할머니는 자신이 가진 전부를 내놓을 수 있었다. 그런 어느 날이었다. 오십대 중반의 여관 주인이 할머니에게 뜻밖의 제안을 해 왔다.

"여관 손님들의 시중을 들 수 있겠느냐고 묻기에 바로 대답을 줬어. 왜 그랬는고 하면, 그때 나만 아는 지병이 있었단 말이지. 위안소에서 얻은 병인데 이게 더운 지방에서는 절대 못 산다."

할머니의 예감은 딱 맞아떨어졌다. 속리산은 불볕더위 때만 햇살이 좀 따가울 뿐 오후 5시가 지나면 서늘한 기운이 감돌았다. 바로 그 일기 덕에 할머니는 속리산으로 거처를 옮겨 반년이 지날 즈음 자신의 자궁병에 차도가 있음을 몸소 느낄 수 있었다. 그런가 하면 여관 주인은 할머니에게 장구를 내밀며 그걸로 밥을 벌어먹어 보라 권했다. 속리산을 찾는 풍락객들을 상대로 장구를 쳐 주고 얼마간의 돈을 챙기는 일종의 흥잡이 역할이었다.

"그런 사람이 또 있을까. 나한테 그 여관 주인은 은사요 희망이었다. 한 날 큰맘 먹고 그 양반한테 내 살아온 이야기를 하나도 숨기지 않고 다 들려줬더니 눈물을 흘리면서 이리 말하더라. 몸을 버린 사람은 마음으로 살아가야 한다고."

기생 공부를 할 때 익힌 솜씨 탓인지 할머니의 장구 가락은 곧 되살아났다. 그리고 비록 풍락객들을 상대로 흥을 돋워 주고 받는 대가지만 수입도 괜찮은 편이었다. 더욱 고마운 건 할머니를 친동생처럼 여기는 여관 주인의 배려였다. 할머니의 장구 치는 솜씨를 지켜본 주인은 나중에 갚아도 된다며 장구를 세 개나 사 주었는데, 흥잡이에서 장구 대여업자로 변신한 할머니로서는 이보다 기쁠 수가 없었다. 속리산은 겨울을 제외한 세 계절 모두 여행객들로 붐비는 터라 반년이 지날 즈음 세 개의 장구가 여섯 개로 늘어난 것이다.

"내 인생에서 그때(1960~1970년대)가 가장 행복했던 것 같아. 다들 한가락씩 한다는 전국의 가객들이 속리산으로 속속 모여들다 보니 주말이면 내가 가지고 있던 여섯 개의 장구가 초저녁에 동났다니까. 술

독이 바닥나고, 노랫가락에 날 새는 줄 모르고……. 또 그때는 말이지, 요즘처럼 돈 몇 푼 가지고 사람을 업신여기는 걸 볼 수 없었다. 사람 먼저 나고 돈은 나중에 나는 그런 시절이었단 말이지.”

다른 생각은 없었어

생활이 차츰 안정을 찾아가자 할머니는 마지막 남은 꿈에 불을 지폈다. 그건 다름 아닌 결혼이었다. 만약 혼례를 치르지 못하고 이대로 눈을 감는다면 사후에도 구천을 떠돌 것 같았다.

며칠 기회를 엿보던 중 할머니는 여관 주인에게 자신의 속내를 넌지시 내비쳤다. 그러나 내심 바랐던 총각과의 결혼은 이뤄지지 못했다. 여관 주인의 중매로 만난 남자는 아들 셋에 딸을 하나 둔 홀아비로 나이도 할머니보다 열한 살이 많았다.

“내 나이 마흔셋 되던 해에 남편을 만나 18년을 살았는데, 지금도 후회되는 게 하나 있어. 위안소에서 지낸 이야기를 끝내 하지 못했다는 거야. 아마 조금만 더 일찍 위안부 문제가 세상에 알려졌어도 굳이 숨길 필요까지는 없었는데…….”

이야기가 나왔으니 18년을 한 집에서 산 할아버지에 대해 묻지 않을 수 없었다. 이런 경우는 흔치 않은 일이기도 하거니와 위안부 할머니들에게 결혼은 그만큼 슬픈 면류관이기도 했기 때문이다.

"돌 다루는 일(석공)을 해서 그런지 한곳에 진득하니 정착하질 못했어. 여기저기 떠돌아다니는 삶을 살다 보니 노름에 바람까지 피웠고. 그렇다고 내 인생이 마냥 애달팠다는 건 아냐. 비록 총각과의 결혼은 아니었지만 내 평생소원인 사모관대를 써 봤잖아."

진폐증을 앓았던 남편이 세상을 뜨자 성장한 자녀들이 뒤따라 곁을 떠났다. 뭐라도 해야 텅 빈 자리를 메울 것 같아 인삼에 손을 댄 할머니는 돈이 들어오는 족족 예금통장에 넣어 뒀다가 그 돈으로 얼마간의 땅을 장만했다. 머잖아 돌아갈 곳은 이제 한 줌 흙. 마치 그날을 손꼽아 기다렸다는 듯이 할머니는 땅 판 돈 2,000만 원을 보은군민장학회에 기탁했다.

"한 날 곰곰이 내가 왜 위안부가 되었을까 하고 생각해 보니 그게 다 못 배운 죈 거라. 그리고 또 하나는 미륵님을 볼 염치가 있어야 말이지."

더 늦기 전에 할머니는 누더기나 다름없는 그 옷을 벗어 버리고 싶었다. 죽고 사는 건 이미 위안소에 들어갔을 때 하늘에 맡긴 터, 나중에 죽어 숱한 군홧발에 짓밟힌 몸이 구천만 떠돌지 않는다면 그것으로 족했다.

여기까지 이야기를 마친 할머니가 주섬주섬 옷을 차려입었다. 미륵을 보고 가라는 할머니의 말에 나는 양선욱 간호사에게 전화를 한 뒤 마당으로 나갔다. 빨랫줄에는 할머니의 손을 거친 가지와 무가 나무젓가락 굵기로 말라 가는 중이고 대문 안쪽 시멘트벽에는 애호박 하나가 산들산들 바람 그네를 타고 있었다. 뒤따라 나온 할머니가 마루에 걸터앉은 채 신발을 신더니 하늘을 쳐다보았다.

"난 말이지, 봄보다는 가을이 더 좋아. 파랗던 나뭇잎들이 노랗고 붉게 피어나는 걸 보고 있으면 그래도 세상은 공평타는 생각이 드는 거야."

전화를 받고 달려온 양 간호사와 함께 집을 나섰다. 날씨가 제법 쌀쌀했다. 누군가를 돌보는 일이 몸에 밴 탓인지 양 간호사가 기념품 매장으로 달려가 손수건을 한 장 사 오더니 할머니의 목을 감싸 주었다. 잠시 걸음을 멈춘 채 두 사람의 모습을 지켜보는데 명절 때면 찾아온다는 세 아들과 딸이 떠올랐다. 할머니는 그 넷 중 대구에서 혼자 지내는 큰딸이 제일 걸린다고 했다.

"내가 낳은 자식은 아니지만 그 딸을 생각하면 기도를 멈출 수 없어. 그 딸도 나처럼 애를 못 가졌단 말이야."

동병상련이랄까, 지팡이를 짚은 할머니의 거동이 몹시 불안해 보였다. 가까이 다가가 손을 내밀려 하자 할머니는 말머리를 최근 정부 정책으로 돌려 버렸다.

"내 늘 기도하는 거지만 다시는 우리나라가 풍상을 겪지 않았으면 해. 북한과도 사이좋게 지내고. 아무려면 일본이 밉지, 북한이 더 미울까. 그리고 이건 꼭 써 줘. 어떠한 경우라도 나는 우리나라가 일본과 친해지는 걸 절대 원치 않아. 그 숫자조차 파악 못하고 있는 억울한 사람들을 사지에 몰아넣은 것도 모자라 자근자근 짓밟아 버린 나라가 일본이잖아."

"그럼 할머니는 대한민국이 누구와 친해지길 바라세요?"

"일본보다야 중국이 더 낫지 않을까? 함께 고통도 겪어 봤고. 또 알아, 중국과 가까워지면 북한과도 좋은 일 있을지."

그동안 만난 위안부 할머니들을 통해 안 사실이지만 그들 대부분은 정세에 밝은 편이었다. 어떻게 보면 그것은 할머니들이 국가로부터 입은 상처의 응어리가 아직 아물지 않았음을 보여 주는 반증일 수도 있었다.

경기도 운천에서 지낼 때 꿈에 나타났다는 미륵이 마침내 모습을 드러냈다. 양 간호사의 부축을 받아 계단을 다 오른 할머니는 정갈한 자세로 기도를 올렸다. 그러고 보면 할머니에게 미륵은 국가보다 더 고귀한 것인지도 모른다. 꿈에 나타난 저 미륵 덕에 당신의 오랜 지병을 고쳤는가 하면 평생소원인 사모관대까지 쓰지 않았는가.

사찰 구경을 마치고 산문을 나왔을 때다. 산사 입구에 세워 둔 장애인용 전동차에 시동을 걸다 말고 할머니가 나를 바라보았다. 표정이 썩 밝지 않았다.

"대구에 산다고 했지? 나도 곧 대구로 갈 거야. 대구는 떠나올 수밖에 없었던 내 고향이잖아."

기념품을 파는 매장과 식당들이 한 등 한 등 불을 켰다. 못내 아쉬운 건 할머니의 장구 소리였다. 기회가 주어진다면 할머니가 세상을 뜨기 전에 꼭 그 장구 소리를 한번 들어 보고 싶었다.

시골 학교 평교사로 37년간 참교육을 실천한 유영빈 씨

"내 십일조는
아이들에게"

휴대전화 벨 소리와 함께 이런 멘트가 흘러나왔다.

'지나친 것은 미치지 못한 것보다 낫다.'

과유불급(過猶不及)? 책꽂이에서 『논어』를 꺼냈다.

　자공이 물었다.

　"스승님, 자장(子張)과 자하(子夏) 중 어느 쪽이 더 어진가요?"

　공자가 대답했다.

　"자장은 지나치고 자하는 미치지 못하지."

　"그럼 자장이 더 낫다는 말씀인가요?"

　이에 공자는 이렇게 대답했다.

　"지나친 것은 미치지 못한 것과 같느니라."

유영빈 씨가 모습을 드러낸 건 오후 1시경이었다. 깡마른 체구에 병색이 짙어 보였다.

유 씨의 승용차를 타고 터미널 주변을 얼마쯤 헤맸을까. 오래전 유씨의 입맛을 돋워 줬다는 백반 집(동명 식당)을 끝내 찾지 못했다. 생긴 건 멀쩡한 내비게이션도 문제지만 그보다 더 큰 문제는 유 씨가 길치 중에 길치라는 사실이었다. 조금 전에 왔던 길을 까맣게 잊은 그는 이런 길이 아니었다며 도리어 길 탓만 했다.

점심을 같이하고 싶어 일부러 부여에서 군산까지 마중을 나온 유씨와 함께 찾아간 곳은 장항의 한 횟집이었다. 안색이 마음에 걸려 물었더니 그는 반년 전 위암 수술을 받았다며 담담하게 말을 꺼냈다.

"60년 동거가 무섭긴 무섭다. 대를 이어 살아온 집에서 아버지를 떠나보내고 나니 와르르 나까지 무너지는데……. 그래도 지금은 많이 좋아진 편입니다."

유 씨의 나이 예순넷, 그는 2010년을 끝으로 교직을 떠났다.

"교직 생활 37년 동안 월급의 10분의 1을 제자들에게 내놓았습니다. 특별한 이유라도 있으셨는지요?"

"마음이 가는 곳으로 몸도 따라간다는 말이 있지요. 마음이 시키니까 몸이 그리한 것뿐입니다. 양심상 밥 굶는 아이들을 외면할 수 없었고요. 왜, 교회에 바치는 십일조도 그런 곳에 쓰이는 거 아닌가요?"

공주교육대학을 졸업한 유 씨가 교사로 임용된 건 1972년 봄이었다.

첩첩이 산으로 둘러싸인 청양군 소재 남양초등학교는 두메산골에 자리하고 있었다. 유 씨의 눈에 그곳 학생들의 모습이 산속 다람쥐처럼 보였는데, 귀여운가 하면 날래고 한발 다가서려 하면 아이들은 수줍은 표정으로 달아나기 일쑤였다.

산간 오지라서 지루할 거라 여겼던 학교생활은 쏜살같이 지나갔다. 산에서 떠오른 해가 다시 산으로 모습을 감춘 탓이었다. 전혀 다른 세계에 온 것처럼 유 씨는 그 시차를 피부로 느낄 수 있었다. 특히 저녁은 계절에 관계없이 도시에 비해 한 시간 일찍 찾아왔다.

"풍경에도 속도가 있다는 걸 그때 처음 알았습니다. 아무리 고즈넉한 풍경일지라도 그 풍경 속으로 아이들이 들어가 움직이면 곧 속도로 변했지요."

그렇게 여름방학이 끝나고 2학기로 접어들 즈음이었다. 몇 해 전부터 '씨알 사상(기독교 사상과 동양 사상 등 다양한 사상들을 융합한 것)'을 깨쳐 가고 있는 유 씨에게 10월은 스산한 무채색을 연상케 했다. 10월 유신과 함께 정국이 암흑시대로 돌변한 탓이었다.

"10월 유신 그거, 일본에서 수입한 겁니다. 박정희가 일본의 명치유신에서 '명치'를 뺀 다음 그 자리에 '10월'을 처넣었단 말입니다. 그런데 말이죠, 그걸 겪는 입장에서는 장난이 아닙니다. 일선 교사들까지 공화당 하수인으로 만들 작정이었던지 학부형들의 성분을 조사하여 보고하라는 공문이 내려왔지 뭡니까. 그것도 10월 유신을 찬성하는 학부형은 동그라미, 반대하는 사람은 가위(×)를 쳐서 말입니다."

한 달 간격으로 이어지는 성분 조사 공문에 교원 초년생인 유 씨는 회의를 느꼈다. 교육은 뒷전인 채 학부형들 성분 조사나 하는 이따위 짓이 교사의 몫이라면 더는 교단에 미련을 두고 싶지 않았다. 그런데 그때 며칠 전 유 씨가 함석헌 선생(사상가, 민권운동가 겸 문필가, 1901~1989)에게 보낸 편지의 답장이 학교에 도착해 있었다.

'유 선생, 어려움이 많고 어렵기는 말도 할 수 없으니 어찌합니까? 그러나 역시 교육계가 그런 중에서도 가장 나을 것입니다. 그것은 참 교육은 혼으로 되는 것이기 때문입니다. 혼에는 어떤 것이 방해를 할 수도 없고 도와줄 수도 없습니다. 자유하는 것이 혼입니다. 그러니 걱정거리가 많아도 걱정 마시고 믿는 대로 살아가시기 바랍니다.'

한 알의 씨앗 속에 전체가 들어 있고, 또 그 한 알의 씨앗은 전체와 연결되어 있다는 씨알 사상. 청년 유영빈에게 함석헌은 그처럼 거울과 같은 존재였다. 불의에 맞서 싸우는 선생은, 그리고 반드시 그 길을 찾아 나서는 선생의 모습은 진리의 또 다른 이름이 아닐 수 없었다. 특히 '전체를 떠난 개인이란 존재할 수 없다'는 선생의 한마디는 그것이 곧 하늘이요 바다임을 상기시켜 주었다.

초면인데도 유 씨는 씨알 사상을 오롯이 품은 사람처럼 보였다. 정작 자신의 이야기는 뒷전인 채 이미 고인이 된 함석헌을 더 그리워했다.

"그럴 수밖에 없는 것이, 젊은 날 내게 가장 크고 가장 많은 영향을 끼쳤던 분이 바로 함 선생님이셨습니다. 내 비록 선생님의 사상을 마음먹은 대로 실천하진 못했지만 그래도 한 가지 약속만은 지켰던 것 같습니다. 무려 네 차례(1970년대 후반, 1989년, 1990년, 1999년)에 걸쳐 교육 관료 제안을 받고도 정중히 사양한 일입니다. 내가 보기에도 교육계에서 가장 아름다운 자리는 평교사였다고 할까요."

반주로 나온 술 탓이었으리라. 한 편의 시가 스쳐 지나갔다. 함석헌 선생이 수감 중일 때 교도관의 눈을 피해 지은 「산」이었다.

나는 그대를 나무랐소이다
물어도 대답도 않는다 나무랐소이다
그대겐 묵묵히 서 있음이 도리어 대답인 걸
나는 모르고 나무랐소이다

나는 그대를 비웃었소이다
끄들어도 꼼짝도 못한다 비웃었소이다
그대겐 죽은 듯이 앉았음이 도리어 표정인 걸
나는 모르고 비웃었소이다

나는 그대를 의심했소이다
무릎에 올라가도 안아도 안 준다 의심했소이다
그대겐 버려둠이 도리어 감춰 줌인 걸
나는 모르고 의심했소이다

(이하 생략)

아이들의 가난은 내 가난

그게 10월 유신 때문이었는지 아니면 다른 이유에서 비롯되었는지는 알 수 없지만 아무튼 경제 사정이 엉망인 것만은 사실이었다. 계속되는 경기 침체로 도산하는 기업들이 날로 늘어나는가 하면 첫 발령지인 남양초등학교는 점심을 건너뛰는 학생들이 한둘이 아니었다. 청년 교사 유 씨로서는 가족이나 다름없는 그들을 차마 외면할 수 없었다. 교사가 무엇인가. 가르치는 쪽이나 배우는 쪽이나 저울에 올려놓고 보면 필시 사람일 뿐이었다.

"1972년 당시 내 월급(1만 2,000원)으로 쌀 세 가마를 살 수 있었는데, 하숙비 내고 시골에 사시는 부모님 봉양하려면 빠듯했지요. 하지만 난 행운아 중에 행운아라고 할 수 있었습니다."

그 시절에 농촌 출신 청년이 상아탑의 주인공이 되려면 그 이면에 부모님의 희생이 뒤따라야만 했다. 벼농사를 지었던 유 씨의 부모님도 그중 하나였다. 아들이 교육 대학에 진학하자 양잠업에 손을 댔고, 그것도 모자라 이번에는 여남은 마리의 닭을 치기 시작했다. 한 해 두 번씩 들어가는 아들의 학비에 보태려면 몇 푼 안 되는 계란이라도 장에 내다 팔아야 했다.

함석헌의 가르침에 따라 첫 월급을 탄 유 씨는 먼저 1,200원을 따로 떼 놓았다. 참교육이 단순히 머리와 말이 아닌 정말 혼에서 비롯되는 것이라면 이제 그걸 실천에 옮길 차례였다.

"혹시 이런 말 들어 보셨나요. 지난 시절에 겪은 가난은 현재의 가난

또한 외면할 수 없다는. 부모님의 헌신적인 희생 덕분에 어렵사리 대학을 마치긴 했지만 한순간도 가난이라는 굴레에서 자유롭지 못했던 것 같습니다. 아닌 척 질끈 눈을 감았다가도 점심 굶는 아이들을 보면 세상에서 가장 약한 존재가 되고 말았으니까요. 아무튼 교사는 학생들이 있기에 밥을 먹고산다는 그 말이 정답이자 명언이었습니다."

한 달에 1,200원, 많다면 많고 적다면 적은 돈이었다. 그렇지만 그 돈이면 가정환경이 어려워 똥구멍이 째지는 아이들의 점심과 학용품을 해결할 수 있었다. 물론 아이들을 따로 불러낼 때는 각별히 신경을 써야 했다. 베푸는 일에도 요령이 필요한 법. 내미는 손과 달리 그걸 전해 받는 손은 자칫 상처를 입을 수도 있었다.

그런 어느 날이었다. 우연히 학교 행정의 내막을 알게 된 유 씨는 부르르 치를 떨었다.

"'무상'이라는 허울과 거기에 덧씌워진 가면 때문이었습니다. 당시 내가 맡고 있던 반만 하더라도 무상교육과 무상급식 대상자가 한둘이 아니었는데 어찌된 노릇인지 학교 측은 육성회비를 받아내려 기를 쓰더군요. 그게 다 뭐겠습니까. 교육부가 발표한 무상을 중간에서 갈취한 탓이 아니겠습니까?"

그렇다고 교장을 찾아가 대들 수도 없는 일이었다. 대신 유 씨는 아이들과 눈을 마주쳤을 때가 제일 힘들고 부끄러웠다. 간절한 바람이 하나 있다면 매번 입에서 그치고 마는 공교육의 활성화였다. 공교육이 살아나야 어려운 가정환경 때문에 낙오하는 학생들의 줄도산을 사전에 예방할 수 있다고 할까. 미력하나마 유 씨는 교단을 떠나는 날까지 그 일에 한번 매달려 보고 싶었다. 그러나 돼먹지 못한 교육 풍토를 생각하면 어처구니가 없었다. 가난은 가난을 낳을 수밖에 없는 식민지식 구조가 교육 현장에 콘크리트 벽처럼 버티고 있었다. 유 씨가 보기에 우리나라 교육의 지표를 제시한 '국민교육헌장'은 텔레비전 광고보다도 못했다.

"예나 지금이나 한국 교육계의 승진 제도처럼 인상 찌푸려지는 일이 또 있을까요. 지금보다 더 높은 자리를 꿰차려면 적어도 요령 9단에 술수가 10단은 되어야 하는데 괜히 서 푼어치도 안 되는 양심만 붙들고 앉아 있다가는 도로아미타불 되기 십상이지요."

하지만 유 씨는 타고난 천성 탓인지 그게 훨씬 더 어려웠노라고 했다.

"탄탄대로를 네 차례나 고사한 건 순전히 아이들 때문이었습니다. 적어도 나 자신과 한 약속을 우선 지키는 일이 내가 품은 사상의 바탕이었으니까요. 물론 내 월급의 십일조로 여남은 아이들의 점심과 학용품을 해결하고는 있지만 여전히 부족했습니다. 이 아이가 마음에 걸리면 또 저 아이가 걸리고……. 그나마 기특한 건 호봉이었습니다. 월급봉투가 두꺼워지니 아이들에게 옷도 사 줄 수 있고 얼마간의 장학금도 마련할 수 있었지요."

유 씨가 나누려고 한 건 단순히 물질만은 아니었다. 교단을 지키고 있는 한 그로서는 한순간도 교과를 소홀히 할 수 없었다. 그 일환으로 우선 그는 성적이 좀 앞서는 아이와 그렇지 못한 아이를 일정 부분 가려낸 뒤 방과 후 보충수업 반을 꾸렸다. 역시 아이들은 착했다. 큰 수확을 바라고 시작한 일이 아니었는데도 아이들은 물을 주는 그만큼씩

쑥쑥 자랐다. 평균 30점을 밑돌았던 아이가 도교육평가시험에서 50점을 받아 내는가 하면 중간을 맴돌았던 아이는 해빙을 맞은 개구리처럼 힘찬 점프를 시도했다. 그러고 보면 교육은 서로에게 에너지를 주고 받는 게임이었다.

이제 녀석들에게 상을 줘야 할 차례. 사실 상이란 특별한 게 아니었다. 갈증을 호소하는 한 그루 나무에 물을 주듯 아이들의 어깨를 몇 번 도닥여 주고 용기를 북돋워 주는 것만으로도 충분했다.

"인성 교육과 지식 교육은 동전의 양면과 같습니다. 중요한 건 이 두 교육이 좌우 날개가 되어야 한다는 것입니다. 인간은 양손 중 한 손만 가져도 살아갈 수 있지만 희망의 새는 그렇지 못합니다. 어느 한쪽이라도 소홀히 했다간 그 즉시 곤두박질치고 말지요."

허나 때는 일명 공포의 시대, 유신정권은 마치 지뢰를 매복하듯 팔도 구석구석에 군인과 정보부 요원들을 침투시켜 놓았다. 사정이 그렇다 보니 정당치 못한 사람들이 정직한 사람들보다 더 떵떵거리며 사는 세상을 지켜본다는 건 보통 인내 가지고는 어려웠다. 하여 1979년 봄, 씨알 사상을 토대로 분주히 활동해 온 유 씨는 외부와의 접촉을 뚝 끊어 버렸다. 교단에 서 있는 것조차 부끄러운 지금의 상황이 계속된다면 한 고삐 늦춰 마음을 다스릴 시간이 필요해 보였다.

"동면은 동면인데 부끄러운 동면이었지요. 그래서 더 괴로울 수밖에 없었고요. 꼬박 두 해를 그렇게 면벽하듯 보내면서 깨달은 건 앞으로 두 번 다시 나처럼 서글픈 탄생이 존재해서는 안 된다는 겁니다."

긴 잠에서 깨어나자 몇몇 지인들이 결혼을 부추겼다. 하지만 당사자인 유 씨는 혼자 웃고 말았다. 김동길, 고은, 니체, 파스칼, 플라톤, 키르케고르처럼 독신으로 사는 것도 썩 나쁘지만은 않을 것 같았다. (이 대목에서 유 씨는 자신은 절대 고자가 아니라고 했다. 좀 더 있다가 그걸 반드시 증명해 보이겠다며!) 그런데 그 무렵 정국이 또 한 차례 깊은 혼란 속으로 빠져들고 말았다. 박정희 사망 이후 전두환이라는 이름이 계속해서 거론되었다. 다름 아닌 1980년 5월이 찾아오고 있었던 것이다. 불길한 가운데 수업을 마친 유 씨는 함석헌 선생에게 전화를 걸었다. 선생의 첫마디는 '벼락 맞았다!'. 그러나 함 선생은 이번에도 교단을 떠날 용기가 있거든 그곳에 남아 참교육을 실천하라며 거듭 당부했다.

"사람들은 종종 이렇게 말하곤 하지요. 호랑이를 잡으려면 호랑이 굴로 들어가야 한다고. 그런데 말이죠, 그 소굴로 들어가서 호랑이를 잡았다는 사람을 본 적 있소? 혹 서너 해 지나서 보니까 다들 얼굴에 이상한 가면을 쓰고 있지는 않았소?"

변화를 강조하는 무리들의 배후에는 반드시 변질이 도사리고 있는 법. 함석헌의 당부에 힘을 얻은 유 씨는 심기일전하는 자세로 몇몇 학생들의 가정환경을 파악한 뒤 그 학생들의 이름으로 예금통장을 만들었다. 함 선생의 말대로 정말 교육에 희망이 남아 있다면 단 몇의 학생이라도 좋으니 대학을 졸업할 때까지 납부금을 책임지고 싶었다. 또한 그 점은 자신의 결혼보다 훨씬 시급한 일이기도 했다.

"빛 고을 광주가 초토화되고 말았다는 소식에 술만 마셔 댔습니다. 아마 내 인생에서 그때처럼 비통한 적도 일찍이 없었을 겁니다. 얼마나 견디기 힘들었으면 실성한 사람처럼 어려운 학생들을 찾아 나섰겠습니까."

끝이란 어디까지를 말하는 걸까

3년 전 봄이었다. 퇴임을 앞두고 유 씨는 한 학생으로부터 걸려 온 전화를 받았다. 상상을 초월할 정도로 어른들 흉내를 잘 내는, 초등학교 5학년 때 이미 성관계와 금품 갈취라는 이력을 가진 주환이었다.

"아마도 녀석을 잊는다는 건 매우 어려운 일일 겁니다. 한 날 모 여관 주인으로부터 전화가 걸려 와 받았더니 글쎄, 어떤 초등학생이 찾아와 내 이름을 들먹인다 하지 않겠습니까. 우리 반 담임인데 방을 하나 잡아 놓으라고 했다면서."

수화기를 내려놓은 유 씨는 부랴부랴 옷부터 걸쳤다. 그러면서 그는 혼잣말을 되뇌었다. 지금과 같은 상황에서 주환이를 내친다면 과연 학교와 교사는 무엇이란 말인가, 주환이는 개인이면서 학교 전체가 아닌가. 그간의 경험에 비춰 보건대 주환이처럼 가정환경이 어려운 아이들일수록 눈에 띄는 게 하나 있었다. 교과보다는 돈 쓰는 방법을 먼저 습득한다고 할까. 대저 가난이란 그런 거였다. 수학 문제를 풀면서도 호주머니에 남은 동전 몇 닢을 만지작거리는.

주환이의 여관 사건이 있은 뒤였다. 여러 날을 고민한 끝에 유 씨는 학생들과 점심을 함께 먹기로 했다. 어느 책에서 읽은 '참사랑이란 유려한 말이나 감칠맛 나는 문장에 앞서 같이 밥을 먹는 과정에서 서로를 확인한다.'는 그 말을 믿어 보고 싶었다.

유영빈 씨의 취재를 마친 뒤 몇 다리 거쳐 찾아낸 거지만 당시의 상황을 문집에 남긴 한 학생(황금성)의 글은 시사하는 바가 컸다.

점심시간이 되니까 아이들은 교실 한가운데다 신문지 밥상을 깔아 놓고 집에서 가져온 것들을 다 내놓았다. 사정이 있어 못 가져온 아이들도 몇 명 있었지만 우리는 그 친구들과 같이 먹기 위해 밥을 한 숟갈씩 덜어서 모았다. 교실에 전쟁이 터진 건 바로 그때였다. 우리는 선생님이 싸 온 김밥을 먹어 보기 위해 난리가 났다.

유 씨에 대한 학생들의 문집 기록은 또 있었다.

산수 시간 때였다. 선생님은 수의 개념을 익힐 교과서를 보더니 못마땅한 표정을 지었다. 한참을 생각 끝에 선생님은 이렇게 말씀하셨다.

"만질 수도 없고 느낄 수도 없고, 이게 어디 교과서니. 안 되겠다, 얘들아. 내일 학교 올 때 집에 있는 먹을 것을 아무거나 한 주먹씩 가져와라!"

다음 날 산수 시간 때였다. 우리는 깜짝 놀라고 말았다. 산수 책 대신 책상에는 집에서 가져온 밤, 대추, 호두, 은행, 고구마 등이 놓였는데 우리들은 그걸 가지고 더하기 빼기 놀이를 했다. 아, 그때의 감동을 어떻게 잊을 수 있을까! 아무튼 선생님은 아무리 어려운 것도 쉽게, 그리고 재미있게 가르쳐 주셨다. 공부도 하고 배도 부르고……. 수업이 끝날 때면 교실은 먹자판이 되는 것이다. 더욱 신기한 것은 더하기 빼기를 하다 보면 집에서 가져온 것들이 마구 뒤섞여 버려 내 것 네 것이 없어지고 만다는 것이다. 우리는 선생님 덕에 골고루 나눠 먹는 법을 배웠다.

불콰해진 낯빛을 두 손으로 쓸어내리던 유 씨가 벽에 등을 기댄 채 편안한 자세를 취했다. 수술한 지 반년쯤 됐다고 했으니 아직 안심할 때는 아니었다.

"그런 아이가 있었습니다. 나중에 크면 필시 조폭이나 똘마니가 될 것 같은. 소년 시절에 벌써 소년원을 들락거릴 정도였으니 한마디로 구제불능이었지요. 한 날 녀석의 아버지와 함께 교도소로 면회를 갔는데 머리카락이 곤두섭디다. 반성의 기미라고는 눈곱만큼도 찾아보기 힘들 정도로 어찌나 당당하던지요. 녀석은 인상마저 포악해서 오히려 담임인 내가 멈칫 멈칫할 정도였습니다."

지난해 가을이었다. 벨 소리에 수화기를 든 유 씨는 상대방의 목소리를 확인하기 바쁘게 그만 콧날이 시큰해졌다. 서울에서 가구 공장을 하는 녀석은 다짜고짜 선생님이 너무 보고 싶어 전화했다며 한참을 울먹였다.

"녀석과 통화를 마친 뒤 이런 생각을 해 보았습니다. 과연 우리 인생에서 끝까지란 어디까지를 말하는 걸까? 돌이켜 보면 교직 생활에서 유일한 희망은 이 끝까지가 아니었나 싶습니다. '그래, 끝까지 한번 가 보자!' 이렇게 마음을 다잡고 나면 흐릿하게나마 불빛이 보였거든요."

충남 부여에 있는 규암초등학교를 마지막으로 교단을 떠나는 날이었다. 유 씨는 그날 한 학생에게 한복을 한 벌 선물했다. 단 두 벌의 옷으로 해를 넘기는 걸 보고 옷 가게 주인에게 부탁해 몇 차례 옷을 건

넨 적이 있는 아이였다.

"한복을 선물하면서 이 말을 들려줬습니다. 어떠한 순간에도 절대 기죽지 말라는. 사실 우리는 가장 위대하면서도 가장 어리석은 존재들이 아닙니까. 여태껏 살도록 차이와 차별조차 구분 못하는 바보 멍청이들 말입니다."

2억? 3억?

화장실에 잠깐 다녀오겠다며 유 씨가 자리를 비운 사이였다.

교직 생활 37년 동안 십일조를 바쳤다면 과연 그 돈은 얼마나 될까? 2억? 3억? 일주일 전이었다. 유영빈 씨의 연락처를 알고 싶어 규암 초등학교로 전화를 걸었을 때 모 교사는 다음과 같은 이야기를 들려주었다.

"유 선생님은 독특하거나 특별한 게 아니라 실천을 중심에 둔 분이셨습니다. 무슨 일이든 중간에서 그만두는 걸 본인 스스로가 못 견뎌 하셨지요. 아마 교장을 했다면 서너 번 가지고는 부족했을 걸요. 그 모든 걸 다 뿌리치신 분이 바로 유 선생님이십니다."

횟집 창문 너머로 펼쳐진 바다는 잔뜩 숨을 죽인 채였다. 저 바다를 닮은 사람은 과연 어떤 사람일까? '유영빈'에서 '빈' 자가 빛났다. 잠시 후 가난을 뜻하는 '빈(貧)' 자 앞에 '청(淸)' 자를 기저다 놓으니 영빈이 청빈으로 바뀌었다. 그러고 보니 엄청난 생명과 엄청난 비밀을 동시에 품은 9월의 바다가 한없이 청빈해 보였다.

인터뷰 서두에서 자신은 절대 고자가 아니라고 밝힌 바로 그 점에 대해 물어볼 참이었다. 그런데 유 씨의 목소리가 화장실을 다녀온 직후 한 옥타브 높아지고 말았다.

"난 말이오, 주역이니 사주팔자니 하는 것들을 절대 믿지 않소. 그거야말로 애초에 싹을 잘라 버리는 아주 못된 짓 아니오? 인간의 이목구비를 통해 미래를 예견하고 단정 짓는 일, 얼마나 큰 상처이며 위험한 발상입니까. 하여 나는 세상 누구라도 처음부터 정해진 답은 없다고 보오. 이웃과 더불어 울고 웃는 일, 그게 바로 우리 본연의 모습이자 확신 아니겠소."

취중진담? 담배를 피워 문 그는 한결 간결해진 목소리로 유신시절을 다시 *끄집어냈다.* 자기 몸에 밴 이 지독한 엄숙주의도 그때 생긴 병이라며.

"누구에게나 두 번 다시 돌아보고 싶지 않은 시간들이 있게 마련이듯 나에게는 유신정권이 그 망령이었소. 내 소중한 것들을 그놈의 유신이 반쯤 앗아가 버렸지. 여하튼 나는 유신과 관련한 것이면 일체 안 가르치려고 발버둥 쳤소. 자유를 억압하고 민주주의를 깔아뭉개는, 독버섯이나 다름없는 그따위 것을 무슨 염치로 아이들에게 먹인단 말이오."

독설인가 싶어 되짚어 보니 그건 아니었다. 덧붙이듯 그는 교사라는 직업이 어려운 것도 교사가 먼저 깨어 있어야 교육이 바로 설 수 있기 때문이라고 했던 것이다.

사뭇 간결해진 유 씨의 어투가 본래의 모습으로 돌아온 건 술잔이 몇 순배 오간 뒤였다. 기회는 이때다 싶었다.

"얼마 전에 결혼했다고 들었습니다. 혹시 독신으로 지내는 게 힘들어서 그랬던 건 아닙니까?"

"글쎄요, 라면 봉지에 찍힌 유효 기간처럼 끝까지 안 되는 것도 더러 있습디다. 무엇보다도 이놈의 귀가 따가워 견딜 수가 있어야 말이지요."

정년 퇴임을 불과 3개월 앞두고서였다. 퇴근길에 오른 유 씨는 심한 충격에 휩싸이고 말았다. 마을 어귀에 여남은 어른들이 모여 있었는데, 그들 중 누군가의 입에서 이 말이 나온 것이다. 회갑 지난 아들이 팔순의 아버지가 지어 주는 밥을 얻어먹는다는.

"두 다리가 휘청거릴 정도였으니 저한테는 아주 큰 충격이었죠. 그리고 사실 그 무렵은 이래저래 갈등도 많았습니다. 3년 전 치매로 고생하시는 어머니를 요양원으로 보낼 수밖에 없었는데 끝까지 집에서 모셔 보려 안간힘을 썼지만 마음처럼 잘 되지 않았습니다. 어머니의 기저귀를 가는 일이 특히 그랬습니다. 큰 죄를 짓는 것 같더군요."

집으로 돌아온 유 씨는 그날 밤 골똘히 생각에 잠겼다. 이번 기회에 부모님을 위해 딱 하나만 기쁘게 해 드려? 막상 마음을 먹고 나니 잘 되지 않았다. 국외로 눈을 돌린 건 그로부터 달포 뒤였다. 정말이지 인연이란 신의 간섭이 아니고는 불가능해 보였다. 캄보디아 출신의 여자를 보는 순간 유 씨는 발에 딱 맞는 구두를 신었을 때처럼 발도 편하고 걷는 일도 편했다. 남은 인생에서 딱 한 번 천생배필이 선물로 주어진다면 바로 저 여자라는 생각밖에 없었다. 아니나 다를까 그런 아들의 마음을 일찍이 알고 있었다는 듯이 유 씨의 부친은 아들의 결혼식을 지켜본 뒤 숨을 놓았다.

아들의 새로운 동반자를 시샘한 걸까 아니면 60년을 동고동락한 세월 탓이었을까. 유 씨에게 아버지의 빈자리는 겨울날 덤불처럼 황량하기 이를 데 없었다. 3개월 만에 체중이 15킬로그램이나 빠져 병원을 찾았더니 위암 초기라고 했다. 당황한 유 씨는 서둘러 수술부터 받았다. 죽기보다 싫은 항암 치료도 이 악물고 참아 냈다. 새 생명을 잉태한 아내 때문이었다.

"너무 많은 일들이 한꺼번에 터지는 바람에 정신을 차릴 수가 없는데도 갓 태어난 아들을 보는 순간 이런 생각이 드는 겁니다. 가정이 없이는 사회의 존립 또한 불가능할 수밖에 없다는."

그러나 유 씨에게 찾아온 불행은 거머리처럼 찰싹 달라붙어 좀체 떠날 기미를 보이지 않았다. 위암 수술을 받고 얼마 되지 않아 우울증이 찾아온 것이다. 종일 뿌연 안개가 끼어 있는 것 같은 우울증은 심한 탈수 현상을 겪었을 때처럼 유 씨의 심신을 더욱 지치게 만들었는데 문득 떠오른 건 자살이었다. 이렇게 하루하루를 사느니 그쪽을 택하는 게 훨씬 덜 고통스러울 것 같았다. 실제 유 씨는 뿌리치기 힘든 유혹에 빠진 나머지 두 차례 자살을 시도한 적도 있었다.

"우리 인간의 생사가 자연의 일부분이라는 말이 있지요. 나는 자살을 그렇게 받아들였습니다."

지난해 봄이었다. 아내 세리 씨가 남편 유 씨의 손을 잡아끌었다. 승용차를 타고 찾아간 곳은 전북 부안의 한 원숭이 학교. 아들 한울이와 함께 원숭이들의 재롱을 지켜보던 유 씨는 그동안 한 번도 경험해 보지 못한 놀라운 사실을 발견했다. 극심한 두통을 겪다가 진통제를 삼켰을 때처럼 그동안 자신을 뒤덮고 있던 뿌연 안개가 아주 빠른 속도로 빠져나가고 있었다.

"그건 전율이었습니다. 원숭이 학교를 다녀온 뒤 내 몸에 도사리고 있던 우울증이 씻은 듯이 사라졌으니까요."

그러면서 그는 아내에 관한 이야기를 한 차례 더 꺼냈다.

"국적이 그래서 그런지 아내를 볼 때면 캄보디아라는 나라를 먼저 떠올리는 버릇이 있습니다. 아픔의 역사를 가진 국가일수록 그 국민들의 상처 또한 깊다고 할까요. 그런 점에서 보면 아내와 나는 동병상련의 동지가 아닐까 싶습니다. 내 우울증을 치료해 준 것도 그렇고, 한국만큼이나 캄보디아도 비극의 역사를 가진 나라가 아닙니까."

이제 이 잔이 마지막 잔이라며 유 씨가 단숨에 술잔을 비웠다. 상에 놓인 멍게를 한 젓가락 집어 입에 넣은 그가 다시 무릎에 고개를 괴고 앉더니 물끄러미 창밖을 응시했다. 창 너머로 군산항이 어른거렸다.

"정년 퇴임식을 사흘 앞두고 가정 방문을 나갔던 적이 있습니다. 그때 한 학생의 집에서 보지 말아야 할 것을 보고 말았는데, 아무도 없는 빈 집 방바닥에 쌀과 라면이 널브러져 있는 겁니다. 그걸 보는 순간 하마터면 눈물을 쏟을 뻔했습니다. 양식은 있지만 그걸 끓여 줄 사람이 없는 우리들의 현실. 내 눈에는 그 집의 모습이 바로 오늘날 한국의 초상과 같다고 생각했습니다. 남녀노소를 막론하고 눈만 떴다 하면 미친개처럼 돈과 경제만 외쳐 대고 있잖습니까."

37년간 오직 평교사만을 고집해 온 유영빈 씨. 교단을 떠난 지 꽤 되었건만 그는 지금도 변함없이 매달 연금으로 나오는 돈 중에서 10분의 1을 모 시설에 기부하고 있었다.

시장 바닥 20년 만에 장학금 1억을 모은 정외순 씨

"짐승들은 절대
갈라 묵지 못한다"

창녕읍에서 대지면 모산리까지는 생각처럼 멀지 않았다. 각시원추리, 닭의장풀, 흰진범, 금강초롱 등 여름에 흔히 볼 수 있는 들꽃들과 대화를 나누며 걸으면 금세 머리가 맑아질 것 같았다.

　버스에서 내려 노래방 쪽으로 걸음을 옮기는데 정외순 할머니가 먼저 손을 흔들어 보였다. 분홍빛이 감도는 선글라스가 매우 인상적이었다.

　"선글라스가 잘 어울리시네요."

　"진짜가? 눈두덩이가 처져서 안 썼나."

　나이 들수록 남들한테 흉잡힐 구석을 보여선 안 된다는 할머니의 기행은 비단 그것만이 아니었다.

값나가 보이는 옷이 아닌데도 왠지 기품이 느껴지는 멋쟁이 할머니를 따라 집 안으로 막 들어섰을 때다. 마당에 세워진 노란색 스쿠터를 보는 순간 그 정체가 몹시 궁금해졌다. 며칠 전 전화 통화에서 할머니는 혼자라고 했던 것이다.

"저거 말이제? 내 자가용이다. 여게 들어오는 뻐스는 두 시간에 한 대꼴이지, 창녕은 또 택시비가 하늘을 찌른다 아이가. 탔다 하믄 3,000원은 기본이다."

하지만 둘의 조합은 여전히 매끄럽지 못했다. 할머니의 나이 76과 날렵한 오토바이는 그처럼 서로 다른 태생처럼 느껴졌다.

"내 성질머리가 좀 급해야 말이지. 오라고 한 시간에 택시가 도착하지 않으믄 전화통에 불이 난다."

그래 봤자 4년 전이다. 성미 급한 할머니는 택시에게 바람맞은 뒤 자전거를 한 대 구입했다. 하지만 그게 보통 힘든 게 아니었다. 할머니 말에 따르면 똥구멍이 쑤시고 엉덩짝은 곤장을 맞은 것처럼 후끈거렸다. 할머니의 소원은 엉덩이를 살짝 치켜든 채 좌우로 실룩거리며 싱싱 바람을 가르는 거였다. 저 젊은것들처럼.

마음이 앞선 나머지 몸을 체크하지 못한 본인의 잘못이 컸다. 그로부터 일주일 뒤 할머니는 자전거포를 다시 찾았다. 남이 탔던 걸 구입한 데다 구입한 날부터 열흘이 지나지 않았을 경우 반납이 가능하다고 했으니 더 늦기 전에 자전거를 반납할 생각이었다. 그런데 그때 자전거포 주인이 '여사님께서도 충분히 오토바이를 탈 수 있다'며 할머니를 잡아끌었다.

"늙은이한테 해 주는 한마디 칭찬이 얼마나 큰 힘이 되는 줄 아나? 비록 그거이 시커면 빈말일지라도 누군가 내를 쪼매만 치켜세워 줘 봐라. 내 하늘이라고 못 날 것 같으냐? 천만에!"

자전거를 반납하러 왔다 그만 한마디 말에 자전거포 주인과 인근 공터를 찾은 할머니의 가슴은 풍선처럼 부풀어 올랐다. 자전거포 주인의 말대로 오토바이는 우선 페달을 밟지 않아 한결 수월했다. 특히 안장에서 느껴지는 쿠션은 '베리 굿'이었다.

문제는 면허증이었다. 사흘간의 시운전을 마친 뒤 이 정도면 괜찮겠다 싶어 오토바이를 타고 읍내로 진출하다 그만 교통경찰에게 붙들린 할머니는 이맛살을 찌푸렸다.

"경찰관 고놈아가 나한테 뭐락 한 줄 아나? 글쎄 젊은것들도 타기 힘든 오토바이를 어츠께 할머니 같은 분이 타겠느냐 그러는데……. 그딴 소리 듣고도 속이 멀쩡하다므 바보 천치 아이가?"

속이 뒤집어질 대로 뒤집어진 할머니는 읍내 서점에 들러 책을 한 권 샀다. 그리고 한 달 뒤, 원동기 면허를 따기 위해 시험장으로 향했다. 우선 할머니는 교실 안을 휘 살핀 뒤 젊은이 옆에 앉았다. '칸닝구'를 할 요량이었다. 그런데 왜였을까? 시험 시간이 임박해 오자 할머니의 마음이 바람 타는 갈대처럼 흔들렸다. 쥐 죽은 듯이 자리를 지키지 못하고 껄렁대는 젊은이를 지켜보려니 당최 믿음이 가질 않았다.

"사람이 오래 살므 바늘귀처럼 보는 눈이 밝아진다 아이가."

아닌 게 아니라 할머니의 탁월한 안목은 그로부터 열흘 후 발표장에서 그 위엄을 드러냈다. 합격자 명단에 다 늙은 정외순은 찰떡같이 붙어 있건만 젊은이의 이름은 어디에도 없었다.

　"이거를 요새 애들은 통박이락 카던데 내도 그런 것쯤은 볼 줄 안다. 내 어쩌다 보니 눈은 늙고 말았지만 마음의 눈만큼은 회초리 아이가. 청양 고추처럼 맵단 말이다."

　필기에 이어 기본 안전 교육과 기능 시험까지 단 한 차례의 실수도 없이 모두 마친 할머니는 뛸 듯이 기뻤다. 따지고 보면 이것도 엄연한 국가고시. 그 기쁨은 배로 늘어났다. 한데 어쩌자고 눈치 없는 노래방 주인은 하필 이런 날 찬물을 끼얹고 만 것일까.

　"널 보고 이리 말하지 않았나. 혹시 할매요, 시험 합격할라고 와이로(뇌물) 먹인 거 아니냐고."

　하기는 칠십을 넘긴 할머니께서 400미터 계주를 하듯 필기와 실기를 눈 깜작할 사이에 해치웠으니 누군들 부럽지 않을까. 며칠 지나 안 사실이지만 노래방 여주인은 필기에서만 세 차례의 쓴잔을 마셨다고 했다.

　"그 여자가 아직 세상 물정을 잘 몰라 그러는데 마, 머리하고 눈썰미는 다른 기라. 물론 내는 눈썰미다. 척 하면 답이 나오는 눈썰미 하나로 지금까지 살아왔다 아이가."

내 인생은 거기서부터……

60여 년 전 할머니 댁은 남부러울 게 없었다. 할머니의 조부께서 정미소와 술도가를 운영한 탓에 머슴을 셋이나 둘 정도로 창녕에서는 갑부 반열에 올라 있었다. 그러나 육이오는 폭우로 담장이 무너질 때처럼 할머니 댁을 한순간에 몰락시켜 버렸다.

"그날 아침은 우리 집이 좀 부산스러웠다. 이사라도 갈 듯 엄마는 장롱에 들어 있는 옷가지를 죄 꺼내 싸기 시작했는데 그걸 본 아버지가 냅다 호통을 쳤단 말이다. 사람의 목숨이 경각에 달린 마당에 그게 무슨 짓이냐는 거였지."

전쟁 사흘 만에 서울에 입성한 북한군은 곧이어 대전을 점령한 후 낙동강을 향해 진군하고 있었다. 너무 갑작스런 변화에 열여섯 살 소녀는 그만 새가슴이 되고 말았다. 특히 그리 멀지 않은 곳에서 들려오는 총성과 대포 소리는 공포 그 자체였다.

"남들 떠날 때 우리도 피란을 떠나야 했건만 안일하게 늑장을 피우다 그리 된 거라. 장생포로 쫓겨 가던 중 인민군들이 쏘아 대는 따바리 총에 내 동생이 안 죽었나."

비록 전쟁이 가져온 상처라고 하나 할머니에게 장생포는 두 번 다시 기억하고 싶지 않은 장소로 각인되어 있다. 동생에 이어 아버지가 그곳에서 사망하였고, 그 여파로 결국엔 어머니마저 뇌졸중으로 쓰러진 것이다.

"핵교를 다니다 말고 피란을 떠났으니 밀 알았겠노. 아버지와 친분이 두터운 경찰관이 고방(창고)을 내줘 간신히 목숨을 건지긴 했다만 내 지금도 전쟁 났다는 소리만 들으므 마, 오금이 저린다."

장생포에서 두 해만에 창녕으로 다시 돌아온 할머니의 모친은 데릴사위를 구하느라 혈안이었다. 남편을 잃은 충격으로 반신불수가 된 데다 달랑 모녀만 남게 되자 어머니는 그 길만이 살길이라 여기는 모양이었다.

"개뼈다구보다는 소뼈다구가 더 낫다고 데릴사위를 구한다니께 쩝쩝 입맛 다시는 총각들이 한둘 아니었다. 처녀 나이 열아홉에 장사 밑천까지 대 준다는데 어느 사내가 마다할꼬."

그렇지만 할머니의 혼사는 급할수록 돌아가라는 옛말처럼 더 큰 화를 불러오고 말았다. 고르고 고른 끝에 맞아들인 데릴사위가 하필이면 바람둥이에 노름꾼이었다. 훤칠한 외모만 보고 고른 게 큰 잘못이었다.

"본인이 하고 싶어 한 옷 가게까지 얻어 줬으면 다만 몇 푼이라도 생활비를 내놓는 게 도리 아이가? 그란데도 이 인사는 허구한 날 빈손이었다. 돈 좀 생겼다 싶으면 미친 듯이 노름판으로 달려가기 바빴고."

할머니에게 불어 닥친 시련은 거기서부터 시작이었다. 들어오는 한 푼 없이 나가는 돈이 더 많다 보니 지금 당장 큰아버지 댁으로 들어가지 않으면 두 모녀의 생계가 위태로웠다. 그러나 큰아버지의 눈빛이 곱지만은 않았다. 남은 재산 죄 말아먹은 뒤 모녀가 허겁지겁 쫓기듯 들어왔으니 누군들 살갑게 맞아 줄 것인가. 임신 중인 할머니에게는 무엇보다도 체중이 걱정되었다. 그 무렵 할머니의 몸무게는 45킬로그램으

로 산모는 물론이고 태아까지 위험할 수 있었다.

산달이 가까워 오자 할머니는 거동이 불편한 어머니만 큰댁에 남겨 둔 채 고모네로 거처를 옮겼다. 모녀 모두 정상적인 몸이 아니다 보니 지금으로서는 그 방법밖에 없었다.

"우리 집 망하고 나니까 하늘을 이불 삼고 땅을 베개 삼는다는 말이 뼛속 깊이 새겨지더라. 부잣집 헛간만 봐도 부러워 미칠 지경이고."

사전 약속대로 아들을 출산한 할머니는 백일을 즈음해 고모네 집을 떠났다. 다른 한편으로는 여기서 겨울을 난 뒤 오는 봄과 함께 떠나고 싶었지만 고모가 분가를 조건으로 제시한 보리 두 가마를 놓치고 싶지 않았다.

그중 한 가마를 주인에게 주고 방 한 칸에 부엌 딸린 흙집을 얻어 이사한 날이었다. 이제나 올까 저제나 올까 할머니는 눈 빠지도록 남편만 기다렸다.

"남편 없이 큰애를 낳는데 이 생각이 들더란 말이지. 꼭 남의 자식을 낳는 것 같은."

급기야 일이 터진 건 이사하고 두 달가량 지나서였다. 이제 방금 젖을 물렸는데도 아기는 앙앙, 오늘따라 울음소리가 심상치 않았다. 불길한 생각에 할머니는 보채는 아기를 도닥이다 말고 자신의 젖가슴을 살폈다. 그렇지만 할머니는 미련하게도 산모한테서 왜 젖이 안 나오는지 그걸 알지 못했다.

"열아홉에 결혼해 덜컥 애부터 났으니 낸들 뭘 알았겠누. 숙맥도 그런 숙맥이 없었다. 임신해서 아를 낳으면 저절로 젖이 나오는 줄 알았단 말이다."

　정신이 오락가락하길 벌써 몇 차례. 그동안 자신의 입으로 들어간 게 별로 없었다는 걸 뒤늦게야 깨달은 할머니는 아기를 다시 살폈다. 다행히 아기는 꺼질듯 말듯 숨을 쉬고 있었다. 한시가 급한 할머니는 아기를 들쳐 업고 밖으로 내달렸다. 큰댁 식구들이 어떤 표정을 짓든 지금으로선 아무 생각도 나지 않았다. 내 목숨쯤이야 지금 당장 하늘에 내놓을 수 있어도 아기만큼은 절대 그럴 수 없었다.

죽는 것이 가장 편켔더라

　봄을 맞아 흙집으로 다시 돌아온 할머니는 눈뜨기 바쁘게 보리 이삭을 주우러 다녔다. 날품을 팔면 이보다 더 많은 돈을 벌 수 있겠지만 젖먹이를 맡길 곳이 마땅찮았다. 어머니를 불러오고 싶었지만 오히려 짐이 되지 않을까 염려가 되었다. 해서 한 날 소작을 좀 부쳐 볼 요량으로 몇 곳을 찾아갔지만 가는 집마다 퇴짜를 놓았다.

　"여자 몸으로 어떻게 소작 지을 생각을 했느냐며 콧방귀를 뀌어 대는데 거기다 대고 무슨 말을 더 하겠노. 농사꾼들이 그렇다니까 미울 것도 말 것도 없었다."

　이처럼 사정이 여의치 않다 보니 할머니로서는 앞뒤 돌아볼 겨를이 없었다. 지난겨울처럼 되지 않으려면 어쨌든 남들보다 더 부지런히 손을 놀리는 방법밖에 없었다. 하늘이 도왔던지 그 대가는 한 달 뒤 서 말의 보리로 나타났다. 하지만 그보다 더 무서운 건 다름 아닌 사람의 입이었다. 고구마와 번갈아 먹으면 반년 치 식량은 될 거라고 여겼던 서 말의 보리가 고작 두 달도 안 되어 바닥을 드러내자 할머니는 한숨 이 절로 나왔다.

"농촌에서는 도저히 안 되겠다 싶어 읍내로 도부깡질(거리 장사)을 안 나갔나. 옥수수와 고구마를 삶아 무작정 이고 나갔는데 장사라는 기 그렇더라. 남고 안 남고를 떠나 우선 팔리니까네 살았다는 생각이 들더 라. 그리고 그때는 생된장 푼 물에 풋감을 우려 이고 나가도 날개 돋힌 듯이 팔렸는데 까짓것 마 서방질만 아니라므 다 팔아도 되겠더라."

그해 늦여름에는 이보다 더 놀라운 일도 있었다. 옥수수, 밤, 고구마, 튀밥 등 주전부리를 팔아 남은 수익금 3,000원으로 오이와 참외를 구 입한 할머니는 한 달 만에 그 수익금이 네 배로 껑충 뛰자 기쁨을 감 추지 못했다. 보란 듯이 할머니는 도부깡질을 그만 접고 판때기 장사 (좌판)를 시작했다. 젖먹이를 들쳐 업은 채 하루 평균 30리 길을 걸어 다니다 보면 본인은 물론이거니와 애한테도 못할 짓이었다. 그러나 막 상 좌판을 벌이고 보니 시장 바닥에서 1만 2,000원은 그렇게 큰돈이 못 되었다. 그 돈으로 할 수 있는 거라곤 콩나물을 떼다 파는 정도였다.

"알다가도 모를 게 장삿속이라고 그때 내 심정이 그랬다. 몸이 좀 편 타 싶으니까 이윤이 박하고 시장통 사람들의 눈빛은 왜 그리도 바늘 끝 같던지. 한 꺼풀만 걷어 내면 거기서 거긴데도 텃세가 보통 센 게 아니었다."

목돈을 마련키 위해 할머니는 남편의 결혼 예복인 바지저고리와 두루마기를 전당포에 맡겼다. 그걸 담보로 2만 원을 손에 쥔 할머니는 다음 날 고사리, 도라지 등 품목을 더 늘렸다. 하지만 그것도 일시적인 효과에 지나지 않았다. 전당포에 맡긴 옷을 생각하면 잠이 오지 않았다. 어떤 날은 원금에 이자 붙는 소리가 꿈속까지 나타났다.

딸을 낳은 건 아들이 태어나고 이태 만이었다. 한동안 소식조차 없던 남편이 기둥서방처럼 문지방을 들락거린 탓이었다. 그새 자식은 다섯으로 늘어났다.

"자식들이 이걸 알면 아마 까무러칠 거야. 남편이라는 사람이 애만 덜컥 만들어 놓고 소식을 뚝 끊어 버리니 난들 무슨 재주로 다섯을 키운단 말이고. 이건 남편이 아니라 내 원수였다."

살길이 막막해진 할머니는 애 다섯과 함께 인근 뚱천(할머니는 자꾸만 동천을 뚱천이라고 했다)으로 나갔다. 장사를 하는데도 먹고살기 힘들고, 돈을 좀 모아 보려 해도 마음처럼 잘 되지 않고, 결혼한 지 10년이 다 되어 가도록 남편은 마냥 저 꼴이고, 그사이 애들은 줄줄이 다섯이나 되고……. 생각하면 생각할수록 그 끝이 보이지 않았다.

"올 데까지 오니까네 이 생각밖에 안 들더라. 죽는 게 세상에서 제일 편켔다는."

어느 날 갑자기 품은 마음이 아니었기에 할머니는 첨벙첨벙 물속으로 걸어 들어갔다. 누군가를 만나서 열 번 모두 눈물을 삼켜야 한다면 지금의 이 순간을 운명처럼 받아들이고 싶었다. 그런데 순간, 딸아이가 울음을 터뜨리자 곧이어 둘째 아들이 할머니의 손목을 와락 움

짐승들은 절대 갈라 묵지 못한다 •

켜쥐었다. 화들짝 놀란 할머니는 모든 동작을 멈춘 채 가슴에 안은 딸과 뒤따르는 아이들을 번갈아 쳐다보았다. 내 몸 하나 죽는 건 두렵지 않으나 이 다섯까지 죽이고 나면 나중에 어떤 여자가 되어 있을까? 하늘은 이런 나를 용서해 줄까? 창녕에 뼈를 묻은 조부모와 아버지는 또 어떤 말을 하실까? 씻지 못할 죄를 지었다며 호적에서 나를……?

"자식을 다섯이나 키웠지만 여기까지는 모른다. 그리고 그때 막내딸이 나를 붙들지 않았다면 이미 난 저세상 사람이 되고 말았을 거다. 혼자라고 생각했는데 그게 아닌 거라."

오야지(십장)는 산송장이나 다름없다

서로 키 재기를 하던 큰아들이 마침내 중학교에 입학했다. 장사를 마치고 돌아온 할머니는 육성회비가 밀려 화장실 청소를 했다는 아들의 말에 억장이 무너졌다.

"잠이 올 턱 있나. 이럴 때 있는 사람이 쪼매만 보태 주모 얼마나 좋을까, 밤새 그 생각만 했다 아이가."

콩나물만 팔아서는 도무지 다섯 자식의 미래를 보장할 수 없다고 판단한 할머니는 날이 밝자마자 가진 돈 전부를 털어 돼지를 한 마리 샀다. 자연 장사를 마치면 몇몇 식당을 들러 잔반 수거하는 일을 게을리할 수 없었는데 한겨울에 그걸 이고 귀가할 때면 얼굴에서 피가 날 지경이었다.

"가진 것 없는 사람한테 겨울나기가 얼매나 혹독한 벌인 줄 아나. 한날은 나무하러 갔다 만뎅이(꼭대기)에서 이런 맘을 묵은 적도 있었다. 여기서 꾸부러져(굴러) 콱 죽어 불까 하는. 내가 와 저놈의 집으로 내려가야 하는지 그걸 모르겠는 기라. 그란데 참 이상하지. 자식들이 성큼성큼 크니까네 내 마음도 차츰차츰 변하는 기라."

그해 겨울 할머니는 성당을 찾아 나섰다. 같은 여자인 성모님한테 꼭 좀 부탁할 게 있었다.

"내 그날 이리 부탁했다. 성모님이요, 내한테 1,000만 원만 주시면 나중에 꼭 열 배로 갚겠다고."

기도를 마치고 성당을 나온 할머니는 마치 실성한 사람처럼 웃고 말았다. 방금 마친 기도도 그렇거니와 입고 나온 주름치마 또한 가관이 아니었다. 장사하랴 애들 뒤치다꺼리하랴, 제아무리 좋은 주름치마라도 달포만 지나면 이처럼 미역 줄기로 변했다.

네 계절 중에서 제일 반갑지 않은 겨울이 시나브로 물러가고 생명의 봄이 찾아오고 있었다. 시장통에서 알게 된 한 행상인으로부터 계 모임을 한번 꾸려 볼 의향이 없느냐는 말에 할머니의 귀가 솔깃해졌다. 채 반 시간도 안 되어 자리를 털고 일어난 할머니는 사람들을 찾아 나섰다. 주로 옷 가게, 빵집, 식당을 운영하는 사람들이었다.

"당최 일이 손에 잡혀야 말이지. 굴러 온 호박을 놓칠 수 없어 붙들고 사정하다 보니 그새 해가 저물고 없더라."

두드려라! 그러면 열리리라. 수고는 헛되지 않았다. 사흘 만에 열 명을 끌어 모은 할머니는 다음 날 저녁부터 그들을 찾아가 일수를 찍듯 300원씩 받아냈다. 물론 계 모임의 오야지가 되려면 반드시 지켜야 할 수칙이 있다. 첫째는 상호 간의 신뢰, 두 번째는 돈과 사람을 동시에 관리하는 일이다. 만약 이 둘 중에서 자칫 하나만 어긋나도 오야지는 계꾼들에게 처참한 꼴을 당하거나 때로 고소를 당하기도 했다. 다른 계꾼들이 매일 3,000원씩 낼 때 그 절반인 1,500원만 내는 것도 바로 이런 이유에서다. 먼저 곗돈을 탄 계꾼 중에서 누군가 종적을 감춘 날이면 오야지는 속칭 산송장이나 다름없는 것이다.

"순번도 그렇다니. 어느 계 모임이나 오야지는 마지막에 곗돈을 타 불안할 수밖에 없는데, 아무튼 계는 첫 순번이 제일 좋다. 달랑 한 달 집어넣고 목돈을 가져간다 아이가."

걱정 반 기대 반으로 시작한 100만 원짜리 첫 계 모임을 아무 탈 없이 잘 마친 뒤였다. 시장통 사람들의 성화에 못 이겨 목돈을 월 200만 원으로 올려 두 번째 계 모임을 꾸린 할머니는 절로 어깨가 으쓱거렸다. 50만 원을 투자해 그 배의 이윤을 남겼다는 기쁨도 매우 컸지만 그보다 먼저는 시장통 사람들로부터 신뢰를 얻었다는 게 더 큰 선물이었다. 이제야 비로소 곁눈질 따가운 뜨내기 장사를 접고 제대로 된 좌판 터를 잡은 바로 기분이었다고 할까.

"행복과 불행은 종이 한 장 차이라더니 그게 틀린 말은 아닌 모양이라. 형편이 쪼매 펴질락 카니까네 내 발등에 불이 떨어진 거라. 그것도 된통으로 말이야."

순항 중이던 계 모임이 사고를 일으킨 건 그러니까 네 번째 순번에

서였다. 계의 생리를 누구보다 잘 알고 있는 할머니로서는 입술이 부르틀 지경이었다. 곗돈을 타기 바쁘게 종적을 감춘 네 번째 여자를 냉큼 잡아 오지 못한다면 칼부림이 날 기세였던 것이다. 그도 그럴 것이 1970년대 중반에 200만 원이면 창녕에 허름한 전셋집을 얻고도 남을 돈이었다. 하지만 한발 늦은 것 같았다. 수소문 끝에 부산에서 찾아낸 여자의 몰골을 보는 순간 할머니는 다리가 후들거려 자리에 서 있을 수조차 없었다.

"무슨 돼지 울도 아니고, 그런 집구석에서 기어 나오는 여자와 한 달 만에 얼굴을 부딪쳤으니 내 속이 속이었겠나. 돈 받아내는 건 이미 글렀다 싶어 내 이리 부탁을 했다. 거두절미하고 나랑 같이 창녕에 한 번만 가자고"

돈을 포기하는 대신 신뢰를 택한 할머니는 여자와 함께 창녕으로 향했다. 다른 건 뒤로 미루더라도 이 누명만은 꼭 벗고 싶었다. 그러니까 곗돈을 탄 네 번째 여자가 감쪽같이 사라진 뒤 시장통에는 오야지가 도망간 여자와 짜고 그 같은 일을 도모했다는 소문이 낭자했다. 다행히도 동행한 여자의 입을 통해 그 내막이 밝혀지자 할머니는 그제야 다리를 펼 수 있었다.

"본시 계 모임의 뿌리가 상부상조여서 절대로 속임수가 있을 수 없다. 있을 때 조금씩 내놓고 없을 때 목돈으로 가져가기 때문에 누이 좋고 매부 좋단 말이다. 그런 모임에 한 달 넘도록 칼끝이 오갔으니 오야지인 내 입장이 어땠겠노. 이왕 말이 나왔으니까네 이실직고한다마는 내 그때 일로 속옷에 오줌을 싼 적도 있었다."

때로 상처는 예전보다 더 알찬 열매를 맺기 위한 전주곡의 또 다른 이름이라고 했던가. 그 무렵 할머니의 상황이 이와 다르지 않았다. 신뢰 회복을 담보로 계 모임이 다섯 개로 늘어나자 할머니는 이제 시장통에 없어서는 안 될 존재로 자리매김했다.

약속 그리고 1억

고등학교밖에 못 보낸 큰아들과 큰딸을 생각하면 가슴 아픈 일이지만 할머니는 더 이상 생각하지 않을 작정이었다. 이제 형편도 펴졌겠다, 남은 자식들을 위해 마지막 남은 열정을 쏟아붓고 싶었다. 그런데 며칠 전부터 가슴을 짓누르는 게 있었다. 8년 전 성모님과 한 약속이었다.

"내 그때 사람과 약속을 했다면 눈 질끈 감고 말았을 거라. 그렇지만 어쩌겠노. 성모님은 시시때때 내를 내려다보는 하늘 아이가."

마음먹은 김에 할머니는 통장부터 만들었다. 8년 전 성모님께 1,000만 원을 도와주면 그 열 배를 갚겠다고 했으니 이제 그 약속을 이행할 차례였다. 그러나 평범한 주부에게 1억 원은 입에서 억! 소리가 날 만큼 컸다. 통장에 7,000만 원이 모아진 걸 확인한 날은 그만 때려치울까 하는 생각도 들었다.

"불어나는 이자만 아니었으면 충분히 그러고도 남았을 거라. 보통예금 통장에 1,000만 원이 차면 그 돈을 정기예탁으로 돌렸는데 그게 효자 노릇을 한 거지."

자그마치 20년 만에 1억 원이 다 채워지자 할머니는 대구에 사는 큰아들에게 제일 먼저 이 사실을 알렸다. 그런데 아들의 반응이 영 시큰둥해 보였다. 한술 더 떠 아들은 1억이 무슨 개 이름인 줄 아느냐며 콧방귀를 뀌었다. 순간 할머니는 실소를 금치 못했다. 자 봐라, 이것이 네 엄마가 시장 바닥을 뒹굴며 쌓은 신뢰의 밑거름이다, 라고 한바탕 쏘아 주고 싶었지만 꾹 참았다. 본인이 생각하기에도 1억은 꿈만 같았던 것이다.

농담 반에 진담을 섞어 큰아들에게 통보한 할머니는 다음 날 오전 군청을 찾아갔다. 어제 전화 통화를 한 아들처럼 군수의 표정이라고 해서 특별히 다를 건 없었다.

"집안 형편이 어려운 학생들에게 줄 장학금을 내러 왔다니까네 군수 님이 내를 힐끗 쳐다보며 이리 묻질 않겠나. 그래 할매요, 장학금으로 얼마를 낼 거냐고."

사람을 면전에 두고 업신여기는 것 같아 속이 좀 상했지만 할머니는 일절 내색하지 않았다. 대신 손가방에 든 통장과 도장을 꺼내 내밀자 군수의 눈이 폭탄처럼 터지고 말았다.

대번에 자세를 고쳐 앉는 군수와 이런저런 이야기를 나눈 뒤 군청 건물을 막 빠져나올 때였다. 앓던 어금니를 뺀 것처럼 할머니는 속이 다 후련했다. 성모님과 한 약속을 지켰다는 사실에 고마웠고, 또 그 약속을 지키고자 여기까지 달려온 시간들이 영화 속 한 장면처럼 스쳐 갔다. 그중에서도 육성회비를 내지 못해 일주일 내내 화장실 청소를 했다는 큰아들의 한마디가 가슴을 쿡 찔렀다.

"내 자랑하려고 이러는 거 아니니까 그냥 듣기만 해. 목욕도 그렇고 파마도 그렇고, 내 이때까지 돈 주고 해 본 적이 없다. 물론 안다, 파마를 하면 편하다는 거. 그렇지만 그걸 하자면 돈이 얼마노. 적어도 두 달에 한 번은 해야 하니까네 1년이면 10만 원 아이가?"

그런가 하면 할머니는 같은 동네에서 나고 자란 친구에게 이런 소리까지 들었다며 상기된 표정이었다.

"못된 가스나가 글쎄, 입고 있는 내 란닝구를 확 잡아 쨈시로 뭐락한 줄 아나. 외순이 니는 어째 돈이 있을 때나 없을 때나 그 꼴로 사느냐며 빤스까정 벗어 보락 카는데 내 그날 창피해 죽는 줄 알았다. 빤스도 꿰매 입었단 말이다."

이것도 신조라면 신조랄까. 할머니는 늘 그랬다. 옷은 해어질 때까지, 반찬은 되도록 세 가지 안에서, 도둑이 탐낼 만한 것은 절대 갖지 말 것, 택시 함부로 타지 말 것. 대신 할머니는 누군가에게 밥을 살 때는 왕창 썼다.

"시장 바닥에서 장사하다 보면 허파 디비질 때가 한두 번이 아니다. 사람처럼 영악하고 자기밖에 모르는 동물이 또 있을까. 그래도 사람한테 희망이 하나 있다믄 서로 갈라 묵을 줄 안다는 기다. 죽었다 깨나도 짐승은 이걸 못한다 아이가."

이 말을 끝으로 장소를 마당 옆 텃밭으로 옮겼다. 할머니의 표정을 살피던 중 할아버지에 대해 여쭸다. 지금이 아니면 그 기회를 영영 놓쳐 버릴 수도 있었다. 그렇지만 할머니는 나쁜 사람도 좋은 사람도 아니었다며 얼버무린 뒤, 이 이야기를 잘 간직해 두라고 했다.

"우리네 인생사가 대단한 것 같아도 기실은 거울 한 장이다. 더도 말고 덜도 말고 거울 앞에 딱 3분만 앉아 있어 봐라. 엑스레이보다 훨씬 더 선명하게 지난 것들이 한 토막씩 한 토막씩 나타났다가 사라지는데, 내 인생이라고 뭐 중뿔날 것 있겠나. 그동안 내 애간장 다 녹인 영감도, 배불리 젖 한번 먹이지 못한 자식들도 모두 한 장 거울 속에 있다 아이가!"

장 학 금 기 부 로 마 음 의 빚 을 던 왕 재 철 씨

"내 마음이 편해질
따까지"

김제역이나 시외버스 터미널 건너편에서 5번을 타라고 했다. 다른 버스도 원평(성계리)을 가지만 그 버스들은 빙 둘러 간다며.

추수가 한창인 들녘은 한 겹 한 겹 제 아랫도리를 드러내는 중이었다. 차창을 여니 공기가 상큼했다. 도시의 콘크리트 향수(香水)와 대지가 뿜어내는 향수(鄕愁)는 바로 이런 차이일까? 그 답을 내놓은 건 화학성과 자연성이었다.

공부는 3학년 봄에 끝났다

타고 온 버스에서 내려 손목시계를 보니 10분 전 10시. 생각처럼 마을은 크지 않았다. 걸어서 반 시간이면 다 둘러볼 만큼 자그마한 면소재지였다. 할머니가 일러 준 대로 1층에 카센터, 3층에 학원이 있는 건물을 찾아 나섰다. 왕재철 씨 댁은 원평에서 전주로 나가는 길목에 있었다.

그 집으로 막 들어설 때였다. 남편을 대신해 찾아오는 길을 알려 주었던 할머니는 마당 가득 넌 고추를 되작거리고 있었다.

"오셨소? 안으로 들어갈께라?"

"아닙니다, 할머니. 이곳이 좋습니다."

바지 뒷주머니에서 손수건을 꺼내 이마에 돋은 땀을 훔친 뒤 시멘트 토방(뜰)에 앉았다. 파란 하늘 사이로 옹기종기 피어난 흰 구름꽃에 잠깐 넋을 놓고 있는데 대나무 작대기로 고추를 되작거리던 할머니가 끙 자리를 털고 일어났다. 러닝셔츠만 걸친 모습이 정겨웠다.

"밭에 고추를 따러 갔는디 하마(벌써) 올 때가 지났구먼이라."

"3년째 장학금을 기부하고 계시는데 85세면 쉬셔야 할 때 아닙니까?"

"그런디도 저렇코롬 고집을 피워 대니 어짜겄소. 영감님이 당최 내 말을 들어야 말이지라. 조실부모해서 그런지 고집이 고래심줄이랑께라."

예순을 넘어서면 저렇듯 쇳소리로 변하게 마련인 목소리, 싫지만은 않았다. 방망이를 그러쥔 채 탕탕 실컷 패는 것 같지만 다음 날 아침에 눈 떠서 보면 밥상에 북엇국이 올라와 있는 것이다.

자전거 짐칸에 붉은 고추를 한가득 싣고 나타난 왕 씨의 첫 인상은 수수비였다. 알갱이를 탈탈 털어 낸 뒤 수숫대를 엮어 만든 비지만 솔이 다 닳을 때까지 자신을 드러내는 일이 극히 드물었다. 사람들 눈에 잘 띄지 않는 구석에 세워져 묵묵히 제 소임을 다할 뿐.

왜소한 체구에 구릿빛 얼굴, 유독 눈이 가는 곳은 왕 씨의 손이었다. 그의 손가락 첫 마디는 서툰 망치질에 굽은 못처럼 성한 게 없었다. 애써 묻지 않아도 그의 열 손가락에서 지난 세월의 흔적들이 고스란히 묻어났다.

"선생님은 고향이 원래 이곳입니까?"

"아닐세. 원평에서 동쪽으로 산을 하나 넘으면 구이인디, 모악산 골짝 귀퉁이에 불을 질러 화전을 일궜었네."

왕 씨가 담배를 피워 문 사이 셈을 해 보았다. 85세면 1926년생? 가도 가도 황톳길뿐이었다는 한하운 시인의 시구처럼 화전을 일궜을 그 시절이 오늘따라 더욱 멀리 느껴졌다.

"왜정 때 구이(전북 완주군 구이면)에 최 부자네 칙간(뒷간)만 한 분교가 하나 있었는디 4학년짜리 간이 학교였네. 나는 그마저도 마치지 못했네만. 세상에, 왜놈들처럼 숭악한 것들이 또 있을까. 모 날 모 시에 놈들이 쳐들어와서는 와장창 학교를 난장판으로 만들어 버렸단 말일세."

유년에 겪은 아픈 기억 때문인지 왕 씨의 담배 피우는 속도가 갑자기 빨라졌다.

"몇 학년 때 그런 일이 벌어진 겁니까?"

"3학년 봄까지 댕기고 그걸로 끝이었는디 공부가 재밌긴 재밌더구먼. 요 입에서 나오는 말을 글로 옮길 때면 어찌나 신통방통하던지. 그때 왜놈들이 깽판만 치지 않았어도 내 인생이 이러코롬 되진 않았을 걸세."

같은 해 가을 왕 씨는 또 세상에서 가장 소중한 강을 잃고 말았다. 허약한 체질 때문에 잔병치레가 끊이지 않았던 어머니의 사망이 그것이었다. 그런가 하면 그 무렵은 자작농이 거의 없던 시절이라 일상에서 오는 빈곤은 이루 말할 수 없었다.

"지금이사 서른 석도 있고 백 석도 있지만 왜정 때는 천석꾼하고 만석꾼이 전부였당께."

"소작은 어땠습니까?"

"손바닥에 발바닥까지 보태 싹싹 빌면 대여섯 마지기 정도를 얻을 수 있었는디, 그것도 한해살이가 전부였당께. 처음에는 도조(남의 논밭을 빌려서 부치고 해마다 벼로 무는 새)를 줬다가 나중에 그걸 타조(벼를 타작한 뒤 그 수확량에 따라 지주가 일정한 양을 도조로 거두어들이는 제도)로 돌려 버렸단 말일세. 어디 그뿐이면 좋게. 그놈의 소작 심사는 왜 그렇게도 까다롭던지. 우리 집은 두 해 벌고 그만뒀네."

아버지를 따라 모악산으로 들어간 건 1940년 봄, 왕 씨의 나이 열네 살 때였다. 볕 좋은 곳에 터를 잡아 일구는 화전 농사는 생소하면서도 서러웠다. 지주들이 가진 옥토에 비하면 그 수확량이 3분의 1에도 못 미쳤다. 일단 사정이 그렇다 보니 다섯 식구가 겨울을 나려면 부지런히 날품을 팔아야 했다. 더구나 화전은 일종의 도둑 농사로 하루도 마음 편할 날이 없었다. 관 직원에게 발각되어 붙들리면 흠씬 두들겨 맞거나 옥살이를 하는 경우도 있었다.

이처럼 눈만 떴다 하면 엄습해 오는 불안감을 견디지 못하고 마을로 다시 내려온 뒤였다. 한 날 면사무소 직원이 찾아와서는 징병 이야기를 꺼냈다.

"내 부친 성함을 들먹임시로 노무대 이야기를 해쌌는디 하늘이 노랗더구먼. 어머니도 안 계시는 데다, 아버지마저 노무대로 끌려가면 우리 집 농사를 누가 지을 것인가."

생각이 여기에 미치자 왕 씨는 면사무소를 향해 내달렸다. 아버지를 대신해 노무대에 나갈 수 있다면 반드시 그리 해 볼 참이었다.

그때 성금을 못 냈단 말이지

구이 면사무소에 모인 근로 보국대 징발자 수는 진안과 장수군을 합쳐 170명가량 되었다. 어른에서 청소년까지 그 나이들이 들쭉날쭉했지만 왕 씨보다 어린 사람은 없었다. 1943년 왕 씨의 나이 열일곱 살로 일제의 강압에 의해 조직된 근로 보국대 징발자로 끌려가기에는 아직 어렸다.

"부산에서 배를 탔는디, 바닷길이라 그런지 힘들긴 힘들더구먼. 먹은 것도 없이 헛구역질만 해 댄 통에 하관(시모노세끼)에 도착했을 때는 창자가 허리에 붙어 있더라니께. 하관에 도착해 절반 이상 떨어져 나가고, 남은 사람들은 그 길로 북해도(홋카이도)까지 갔구먼."

다른 사람들에 비해 서너 살 아래인 나이 덕을 본 걸까. 탄광으로 가던 중 대열에서 빠져나와 도착한 최종 목적지는 비행장이었다. 들리는 소문에 의하면 공사가 한창인 활주로는 훗날 도주 차원에서 진행하는 것이라는데, 왕 씨는 일본군의 빈틈없는 태세에 혀를 내둘렀다. 퇴로를 염두에 두지 않은 채 돌진만 하는 장수야말로 어리석음의 표본이 아니던가.

어깨가 부서지도록 질통을 메야 하는 노무는 무척 힘들었다. 하루 열두 시간으로 노동 시간이 정해져 있긴 하지만 그걸 곧이곧대로 지키는 감독관은 아무도 없었다. 더구나 홋카이도는 일본 최북단에 자리하고 있어서 그해 10월부터 이듬해 5월까지는 추위와 맞서 싸우는 이중의 고통이 뒤따랐다.

"영하 30도면 정상적으로 숨을 쉴 수가 없는디, 그러니 어떡하나. 동태가 되지 않으려면 기계처럼 몸을 바삐 움직일 수밖에. 동상이 깊어져 손가락과 발가락을 절단하는 사람들이 한둘이 아니었네."

함께 고향을 떠나온 동료들의 수가 눈에 띄게 줄어든 것도 바로 그즈음이었다. 누구는 노무 중에 죽었다 하고, 또 누구는 도망치다 붙잡혀 총살당했다 하고……. 그러나 제일 견디기 힘든 건 배고픔이었다.

"조선 밥그릇과 왜놈 밥그릇은 생긴 것부터 다르잖은가. 그런데도 고양이한테나 줘야 마땅할 접시 밥으로 하루 열두 시간이 넘는 우께도리(하도급)를 했으니 세상 어느 장산들 힘을 쓰겠는가. 배가 고파도 너무 고프니까 잠도 잘 안 오고 자꾸 헛생각만 들더라니께. 서넛이 모이면 도주할 궁리부터 했지, 뭐."

반면 홋카이도는 생소한 것들도 많았다. 옥수수와 단호박은 그때 처음 보았고, 특히 젖소한테 나는 우유는 그저 신기할 뿐이었다. 다른 사람들은 꿀꺽꿀꺽 막걸리를 들이키듯 잘도 마시건만 어인 일인지 왕 씨는 양이나 소젖을 마신 뒤면 화장실 가느라 바빴다. 다행히 그걸 해결해 준 건 모찌(찹쌀떡)였다. 우유에 모찌를 곁들여 먹으니 비위도 덜하고 나중에는 속까지 든든했다.

밥 대용으로 옥수수를 빻아 죽을 쑤고 빵을 만들어 먹을 때였다. 히로시마에 원자폭탄이 떨어졌다는 소식이 전해졌다. 그리고 며칠 뒤에는 나가사키가 불바다로 변했다며 주위가 몹시 소란스러웠다. 허허벌판 홋카이도에 광복은 그처럼 두 소식과 함께 찾아왔다. 그런데 한 날 노무자들이 술렁였다. 동료들 중에서 절반은 이미 짐을 쌌지만 나머지 사람들의 반응은 왠지 시큰둥해 보였다. 사연인즉슨 지주들 천국인 고향으로 돌아가느니 차라리 이곳에 남아 돈을 더 벌어 보겠다는 것이 그 이유였다. 일순 정신이 번쩍 든 왕 씨는 함바(현장 식당)로 달려가 그동안 번 돈을 그러모았다. 한국 돈으로 환전하면 100원이 될까 말까 한 액수였다.

"1년 반 동안 모은 돈이 좀 어중간하다 싶으니까 마음을 틀어쥐는 일이 쉽지 않더구먼. 그걸 눈치 챈 오야지(십장)는 이틀 더 시간을 줄 테니 둘 중 하나를 결정하라며 다그치고."

그때 떠오른 사람은 아버지였다. 너무 일찍 어머니를 여읜 탓인지 왕 씨는 자나 깨나 아버지 걱정뿐이었다.

해방과 함께 구이로 다시 돌아온 왕 씨는 휴, 가슴을 쓸어내렸다. 나중에 나온 사람들에 따르면 홋카이도는 홍수로 인한 사망자 수가 수백은 될 거라고 했다. 그러나 살아서 돌아왔다는 기쁨도 잠시 잠깐, 논을 좀 사고 싶은데 내놓는 사람이 없었다. 홋카이도에서 뼈 빠지게 일해 번 100원은 지주들에게는 떡고물에 불과했다.

혼담이 오갈 무렵 마을에 호소문이 나붙었다. 나라가 어려우니 자발적으로 성금을 내라는 호소문이었다. 일을 마치고 집으로 가는 길에 그걸 본 왕 씨는 속이 영 개운치 못했다.

"성금을 내고 싶은 마음이야 굴뚝같지만 수중에 돈이 있어야 말이지. 그리고 그때는 일본에서 벌어온 돈을 아버지한테 옴막(전부) 바친 뒤였단 말일세."

아무튼 꺼림칙했다. 다른 것도 아니고 나라가 어렵다지 않은가. 이런 왕 씨의 마음을 더욱 아프게 한 건 이듬해 눈을 감은 아버지였다. 아직 예순도 안 된 아버지가 호흡 곤란으로 갑자기 숨을 거두자 왕 씨는 살아갈 길이 막막했다. 장례를 마치기 바쁘게 그는 쟁기질부터 익혔다.

7녀 1남

어떻게든 살아 보려 발버둥을 치는데도 되는 일은 별로 없었다. 그리고 이번에는 자손이 속을 썩였다. 결혼을 한 지 벌써 네 해가 지났는데도 무슨 영문인지 태기가 보이지 않았다. 동생들 뒷바라지 하느라 뒤늦게 장가를 간 왕 씨로서는 걱정이 이만저만 아니었다.

"(고추를 다듬고 있는 할머니를 가리키며) 저 사람 마음 상할까 봐 내 일절 내색을 안 했지만 속이 타긴 타더라니. 아닌 말로 결혼한 지 4년째가 다 되도록 빈손이었으니 어디다 이 얼굴을 내밀 것인가. 당시만 해도 남자 나이 서른에 자손마저 없으면 시제에도 참석 못했다니까."

가세도 기우뚱 말이 아니었다. 내 땅 한번 가져 보고 싶다는 일념으로 동트기 전 일터로 나가 샛별과 동무하며 돌아왔지만 소작농의 뿌리는 바다처럼 깊었다. 동족 간에 총을 겨눈 전쟁도 골치였다. 화들짝 피었던 꽃들이 질 때처럼 총성은 멎었다 하나 방방곡곡 허덕이는 소리들로 요란하고, 잠깐 들썩했던 토지 개혁마저 수포로 돌아간 세상은 마침내 소작농들을 도회지로 내몰았다. 서울로 갈까 아니면 일본으로 다시 갈까, 왕 씨는 한 살이라도 더 젊을 때 고향을 뜨고 싶었다.

그러고 보면 구이에서 원평으로 이사를 한 건 그동안의 선택 중에서 가장 잘한 선택이었다. 고향을 떠나온 지 반년 만에 왕 씨의 얼굴은 함박꽃으로 피어났다.

"늦장가 다섯 해만에 태동 소식을 들었으니 그게 보통 기쁜 소식인가. 부모님 묘소를 구이에 두고 떠나와 뭐라고 할 말은 없네만 곰곰이 생각해 보면 구이와는 잘 안 맞았던 모양이라."

그렇다고 모든 것이 일시에 해결되는 건 아니었다. 자식들이 한 살 터울로 태어나 한시름 놓은 건 사실이지만 애타게 기다리는 아들 소식은 영영 멀어져 가는 배가 되고 말았다. 그새 딸만 다섯, 도무지 사람의 마음을 알 수 없었다. 애가 들어서지 않을 땐 그저 아들이든 딸이든 하나만 갖게 해 달라며 애원했다가도 막상 딸만 줄줄이 태어나고 보니 남부끄러워 견딜 수 없었다. 설상가상으로 며칠 전 정부가 공포한 산아제한 정책은 왕 씨의 아랫도리를 더욱 싸늘하게 했다.

"우리나라에 장애인이 많은 것도 그때 정부가 시행한 산아제한 탓이라고 할 수 있지. 국가가 나서서 그 난리를 피워 댔으니 어쩔 것인가. 뱃속에 든 애를 떼려 약을 먹기도 하고, 다른 한쪽에서는 혈관을 묶어 사산시키는 일이 다반사였다니까."

지켜보니 그랬다. 정부의 산아제한 정책은 선무당이 사람 잡는 꼴이었다. 차라리 사산이 되어 버렸다면 혹 모를까 세상에 나온 신생아 중 삼 할은 평생 장애를 안고 살아야 했다. 그 광경을 자신의 눈으로 직접 지켜본 왕 씨는 아내에게 다음과 같이 일렀다. 뱃속에 든 태아를 위해서도 당신은 절대 숭악(흉악)한 짓 말라고.

하지만 아들 소식은 묘연할 뿐이었다. 한 살 터울로 이제 딸만 일곱, 고추를 다듬고 있는 할머니에게 당시의 심정을 여쭤 보았다.

"저 양반이 조실부모해서 망정이지 그때꺼정 시댁 어른들 살아 계셨다면 난 진즉에 쫓겨났을 거여. 첫째는 그렇다 치고, 아이 셋을 낳도록 아들을 못 봤으니 뭔 낯짝으로 시어른들을 볼 것인가. 한디도 저 양반,

꿈떡도 않더랑께. 딸만 벌써 일곱을 퍼질러 낳는디도 말이여.”

왕 씨의 그 곤은 결이 비로소 하늘에 닿은 모양이었다. 이장네 품앗이를 하러 갔다 아들 소식을 전해 들은 왕 씨는 뛸 듯이 기뻤다. 말 그대로 7전 8기였다.

“소원 풀었지, 뭐. 장사가 된 기분이었고. 어디 그뿐인 줄 안가. 그제야 동네 남자들이 나한테 ‘불알 자리’를 마련해 주는디 기분이 참 묘하더군. 고추는 고추끼리 통하는 데가 있더라니.”

어쨌거나 10년 만에 태어난 아들을 보고 있으면 더 바랄 게 없지만 일상으로 돌아오면 한숨이 먼저 나왔다. 그동안 늘어난 식구만 봐도 그걸 잘 알 수 있었다. 둘뿐이었던 식구가 열 명으로 늘어나자 가장인 왕 씨는 숨이 막힐 지경이었다.

“다른 건 눈 한 번 질끈 감으면 다 해결될 수 있을 것 같은디 때를 놓친 자식들 공부만큼은 맘대로 안 되더라니. 뻐스 떠난 뒤에 손 흔드는 짓만 같고.”

이 나이 먹도록 자식들 앞에서 고개를 들 수 없는 이유도 다 그때 지은 죄 때문이라고 했던가. 순간 문득 공부가 재밌었다는 왕 씨의 말이 떠올랐다. 그걸 누구보다 잘 아는 사람이, 그것도 한 가정을 책임지는 가장의 입장에서 강 건너 불구경하는 꼴이 되고 말았으니 어찌 그의 속이 편할 수 있으랴. 유행가 중에 이런 노래도 있지 않던가. 아, 웃고 있어도 눈물이 난다는.

사는 게 다 빚이지, 뭐

아내의 생일을 맞아 8남매가 모두 모인 자리에서였다. 보름 전부터 이 자리를 기다려 온 왕 씨는 가족들을 둘러본 뒤 조용히 입을 열었다.

"더 늦기 전에 꼭 갚아야 할 빚이 있었네."

그 빚은 다름 아닌 해방 후 성금을 내지 못한 것과 자식들을 제때 가르치지 못한 거였다. 하지만 방 안 분위기는 왕 씨의 말이 끝나기 바쁘게 싸늘하게 굳어 버렸다. 만약 그때 큰사위의 입에서 400평 밭을 무상으로 대여해 주겠다는 이야기가 나오지 않았다면 왕 씨의 입장은 더욱 난처해질 수밖에 없었다. 아내의 생일을 맞아 모인 자리에서 덜 컥 돈 이야기를 꺼냈으니 이 무슨 낭패란 말인가.

"염치없는 짓이긴 했지만 나로서도 어쩔 수 없었네. 여든을 넘기고부 터는 마음이 급해지더란 말일세."

들녘에 해빙의 봄이 찾아오고 있었다. 400평 밭에 무얼 심을까? 콩, 깨, 감자, 옥수수를 놓고 고민하던 중 왕 씨는 여름 수확물을 택했다. 일 전에 텔레비전에서 본 게 사실이라면 옥수수는 2모작도 가능해 보였다. 그런데 참 알다가도 모를 일이었다. 8남매를 뒤치다꺼리할 때는 1만 원을 벌어 1만 원을 다 써도 전혀 아깝지 않던 것이 내심 무언가를 작심 하고 보니 그게 아니었다. 1만 원에서 2,000원만 쓰고 8,000원을 모으 니 불끈 힘이 솟았다.

"여든을 넘긴 그 나이에도 목표가 생기니까 웃게 되더라고. 아, 돈 모 으는 재미가 이런 거구나 하는 생각도 들고. 사실 내 땅을 조금만 가졌더라도 부지런히 농사지어 수재민도 돕고 어려운 북한에 쌀도 보내 줬을 거네. 배고프다는데 남이 어딨고 북이 어딨단 말인가. 평생을 소작에 품삯 받고 살아 봐서 잘 아는디 돈 그거, 참 우스운 거네. 불 탄 뒤에 남은 재와 같다고 할까."

기특하게도 옥수수는 8남매를 기를 때처럼 아픈 데 없이 쑥쑥 잘 자라 주었다. 2007년 여름, 첫 수확기를 맞은 왕 씨는 가슴이 뭉클했다. 비로소 80년을 묵혀 둔 체증이 쏴르르 하수구를 타고 내려가는 기분이었다.

공들여 농사지은 옥수수를 수확한 뒤였다. 점심 무렵 뜻하지 않은 손님이 찾아왔다. 왕 씨의 집을 방문한 면사무소 직원은 왕 씨의 이름과 생년월일을 확인한 후 근로 보국대 이야기를 꺼내면서 1년 의료비 명목으로 80만 원이 지급될 예정이라고 했다. 순간 왕 씨의 머릿속은 200이 300으로 껑충 뛰었다.

"400평 밭에서 옥수수를 수확하니께 230만 원이 손에 들어오더군. 그때 내 생각으로는 30(만 원)은 다음 농사지을 때 쓰고 200만 내놓을 참이었는데 전혀 생각지 못한 80이 공돈처럼 생긴 거지."

그러나 다음 날 오전에 찾아간 시청 직원의 반응에 왕 씨는 그만 인상을 찌푸리고 말았다.

"300만 원이 든 봉투를 내밀자 그 직원이 나를 영 기분 나쁜 눈으로 쳐다봄시로 이리 말하지 않겠나. 이 돈 잘못 받았다가는 자신의 밥줄이 날아갈 수도 있다고."

확인해 본 결과 왕 씨의 말은 사실이었다. 퇴근 무렵 시청을 찾았을 때 4년 전 왕 씨를 맞은 사회복지과 직원은 당시의 전말을 이렇게 들려주었다.

"제가 본 왕재철 씨의 첫 인상은 경제활동을 할 만한 분이 절대 아니었다는 겁니다. 입고 있는 차림새 또한 마음에 걸렸던 게 사실이고요. 뭐랄까요, 마치 집 나온 사람처럼 어딘가를 며칠 헤매다 온 사람 같았다니까요. 그런 양반이 저에게 제법 두툼한 돈 봉투를 내밀었으니 얼마나 당혹스러웠겠습니까. 꺼림칙하기도 했거니와 저걸 함부로 받았다간 내 밥줄이 위태로울 수도 있다는 생각이 들었습니다."

"왕재철 씨가 그 돈을 어디에 써 달라고 하던가요?"

"나라가 어려움에 처했을 때 성금을 못 냈던 것과 자녀분들의 이야기를 하면서 어려운 학생들을 위해 써 달라고 했습니다."

"그럼 그날 돈을 받긴 받았습니까?"

"지금 생각해 봐도 그날 하루가 참 길었던 것 같습니다. 이 돈을 받기 전에는 여기서 한 발짝도 움직일 수 없다고 버티는 바람에 시장님께 보고가 되었고, 왕재철 씨를 신원 조회하는 소동까지 벌어졌거든요. 다행히 주소지는 별 탈이 없었지만 신원조회 결과 남을 도울 만한 상황은 아니었습니다."

한바탕 해프닝으로 일이 일단락되긴 했지만 왕 씨는 입맛이 씁쓸했다. 두 시간 전 집을 나설 때와 비교하면 지금은 해 질 녘 들길을 걷는 기분이었다.

"마음이 언짢았던 건 사실이네. 그렇지만 비 온 뒤에 땅이 더 굳는다고 2008년도에 다시 찾아갔을 때는 그 직원이 제일 먼저 반겨 맞더군."

바로 그때였다. 그늘을 쫓아 마당 한가운데서 부엌 입구로 자리를 옮겨 고추를 다듬던 할머니의 입에서 아닌 밤중에 홍두깨처럼 증산교가 툭 튀어나왔다.

"오래전부터 우리 집은 증산도를 믿는디, 저 양반이 무던히도 애쓰는 게 있구면. 첫째는 무슨 일이 있어도 죄짓지 말아야 한다는 것이고 둘째는 아픈 사람을 보고도 모른 체하면 천벌을 받는다는 것이네."

할머니에 이어 이번에는 왕 씨가 거들고 나섰다.

"자고로 공직자는 정직함이 그 첫 번째가 돼야 하는디도 요즘 하는 청문회를 지켜보면 개판이더군. 저것이 어치께 장관 후보자의 모습인가 장사치 행세지. 사위 하나도 공직에서 일하고 있네만 내 틈날 때마다 이르네. 정직할 자신 없으면 당장 사표를 쓰라고."

그러면서 그는 다음과 같은 입장을 피력하기도 했다.

"세상에는 두 자리가 있는디, 하나는 밥을 먹는 자리고 다른 하나는 돈을 버는 자리네. 그런디도 사람들은 자신의 이치를 망각한 채 밥 먹는 자리(공직자)가 돈 버는(경영자) 자리를 넘보고 있으니 이 얼마나 한심할 노릇인가. 그리고 말일세 나는 종교라는 것이 그렇게 복잡하다고 생각지 않네. 우리가 하루하루 숨 쉬고 사는 것, 이게 다 빚이 아니고 뭔가. 하늘에 빚지고 물에 빚지고 짐승들한테 빚지고 꽃들한테까지 빚지고……. 죽기 전에 이 빚을 갚을 수만 있다면 내 소원이 없겠네."

내 마음이 편해질 때까지

큰사위 덕에 마음의 빚을 조금 덜었다는 그 옥수수 밭을 둘러보러 가는 길이었다. 서너 걸음 앞서서 걷던 왕 씨가 가다 서다를 반복했다. 무슨 일인가 싶어 보았더니 보도블록 틈새로 고개를 내민 풀이 그 원인이었다. 왕 씨는 그 풀들을 보는 족족 손으로 뽑아 버렸다.

"농사가 뭐 별건가. 비싼 거름 사서 주는 것보다 김 한 번 매 주는 게 백배 천배 낫단 말이지."

마치 바람에게 전하듯 되뇌는 왕 씨의 혼잣말에 문득 떠오른 사람은 6년째 요양 중인 어머니였다. 누군가 시켜서 하는 청소는 하루 가지만 스스로 자처한 청소는 사흘 간다고 했던가. 어머니가 강조하신 아름다운 습관이란 바로 이를 두고 하는 말인지도 몰랐다. 인간의 신체 중에서 가장 정직하고 가장 거룩한 부위는 다름 아닌 손이었던 것이다.

4월 초순경 씨를 뿌리면 그로부터 석 달 뒤에 첫 수확을 한다는 옥수수 밭은 2모작을 위해 그대로 둔 채였다.

"첫 작물에 비해 2모작 수확은 어떻습니까. 차이가 많은 편입니까?"

"4할 정도? 근디 2모작은 엄청시리 손이 많이 가. 1모작 수확을 열흘 가량 남겨 둔 시점에서 옥수숫대 사이사이에 씨앗을 다시 묻어야 하는디, 속순(곁싹)을 제거하는 일이 보통 성가신 게 아녀. 옥수숫대를 벤 뒤라 속순 솎아 주는 시기를 놓쳤다간 2모작을 망치고 말거든. 언제한 번은 집안에 초상이 나서 사흘 만에 밭에 나왔더니 한숨이 절로나더군. 두세 개씩 남겨 놓은 속순이 그새 대여섯 개로 불어난 거라."

왕 씨의 말대로 옥수수 밭은 지난 것과 새것이 공존했다. 그리고 2모작에 가려 있을 뿐 스무 날 전에 베어 낸 1모작의 흔적들이 고스란히 남아 있었다.

"벼농사를 지을 때는 장마가 제일 무섭더니 옥수수 농사를 지어 본 게 그게 아니더라고. 태풍이 훨씬 더 무서워. 자존심 강한 식물이어서 그런지 옥수수는 한 번 꺾였다 하면 다시는 못 일어서거든."

쪼그리고 앉은 채 김을 매던 왕 씨가 담배에 불을 붙였다. 비록 짧은 시간이었지만 그가 들려주는 한마디 한마디는 사골에서 우러나는 진국을 연상케 했다.

"아버지를 대신해 북해도로 끌려가 일할 때였는디 한 날 왜놈 총대장이 이리 말하지 않겠나. 진짜 조국은 총칼로 싸워 찾은 조국이 아니라 자신의 가슴속에 한 알 씨앗으로 묻어 둔 게 진짜라고."

"의미심장한 말이네요."

"세상사 일장일단이라고 왜놈들이라고 해서 꼭 나쁜 놈만 있는 게 아니더라고. 근면과 정직을 일본에서 배웠다면 믿겠나? 난 말일세, 세상 모든 사람들이 이 둘만 가슴속에 품고 살아도 성공한 삶이라고 보네."

"그런데 어르신, 이 일을 언제까지 하실 생각입니까? 벌써 3년째 장학금을 기부하고 계시잖습니까."

"나 같은 게 무슨 기약이 있겠나. 하늘이 건강만 허락해 준다면 내 맘이 편해질 때까지 하고 싶네. 내 비록 내 자식들 가르치는 건 실패하고 말았지만 어려운 애들이라도 힘닿는 데까지 돌봐야 하지 않겠나?"

내 마음이 편해질 때까지라, 내 마음이 편해질 때까지라……. 그렇다면 그 종착역은 과연 어디일까? 한참을 골똘히 생각해 봤지만 그 답을 구하는 일은 쉽지 않아 보였다. 어쩌면 그것은 하늘의 뜻이 아직 땅에 닿지 않은 탓인지도 몰랐다.

소 방 관 의 마 음 에 서 세 상 의 희 망 을 보 았 던 김 춘 성 , 양 부 억 예 씨

"저 사람이다"

부여에는 바람을 동반한 비가 내리고 있었다. 기상청마저 그 진로를 파악하지 못한 태풍 곤파스는 그처럼 읍내를 집어삼킬 듯이 날을 세웠다. 저녁 8시, 숙소를 잡아 쉬려는데 방금 통화를 마친 김춘성 씨의 목소리가 발목을 잡아당겼다.

"부여에 도착했다면서. 그럼 상견례부터 혀야 도리가 아닌감?"

달리 방법이 없었다. 그중 번화하다 싶은 사거리에서 방향을 틀어 노인복지회관 쪽으로 들어서는데 우산을 받쳐 쓴 김 씨가 손을 흔들었다. 그의 집은 백제문화제 보호지역에 위치해 있었다.

삼풍백화점이 무너진 날

　김춘성 씨가 4,500만 원을 기부한 건 2009년 4월이었다. 한 가지 색다른 점은 복지의 사각지대라고 하는 시설이나 불우 이웃을 피해 갔다는 것이다.

　"아직도 내 머릿속은 삼풍백화점이 무너졌던 날을 생생히 기억하고 있구먼."

　그랬던가! 이제야 그 실마리가 풀렸다.

　삼풍백화점이 붕괴된 건 1995년 6월 29일 오후 5시 반경이었다. 백화점 안에는 직원을 비롯해 쇼핑객 1,500여 명이 있었다. 문제는 붕괴 이후 사망자가 502명, 부상자가 937명, 실종 처리된 자가 6명으로 정상적인 상태의 구출자가 거의 없었다는 점이다. 재산 피해만도 3,000여 억 원에 이를 만큼 삼풍백화점 붕괴는 말 그대로 대형 참사였다.

　그 시각 김 씨 내외는 생중계로 방영되는 삼풍백화점 붕괴 현장을 텔레비전 앞에서 지켜보고 있었다. 바로 그때였다. 어떤 존재가 부부의 시선을 강하게 잡아당겼다. 한 명의 목숨이라도 더 구하기 위해 매몰 현장으로 뛰어드는 소방관이었다. 숨을 죽인 채 그 광경을 지켜보고 있던 김 씨는 그만 눈시울을 붉히고 말았다.

　"내 그날 요상시런 경험을 했단 말이시. 테레비를 보고 있는 내 눈이 뒤집히긴 뒤집혔는디 그게 그러니까네 놀라서 뒤집힌 게 아니었구먼. 세상에 저런 사람들이 또 있을까, 꿈에서까지 그 소방관들이 보이더란 말이시. 막말로 세상 누가 그딴 생지옥으로 뛰어들 것인가. 대통령이?

장관이? 국회의원이? 아니지. 절대 아니지."

당시의 기억이 너무도 생생한 탓인지 김 씨의 목소리는 주파수가 잘 맞지 않은 라디오처럼 높낮이가 고르지 못했다. 마치 사고 현장을 생중계하는 앵커 같았다.

"대한민국 공무원들 중에서 소방관처럼 고생하는 공무원이 또 있을까? 다들 무섭다며 공포에 질린 채 줄행랑을 치는데도 소방관들은 성냥갑처럼 구겨진 콘크리트 건물 안으로 겁 없이 들어가는 거라."

김 씨가 잠시 숨을 고르는 사이 며칠 전 소방방재청에 요청해 이메일로 건네받은 자료를 되짚어 보았다. 1년 365일을 전시 체제 속에서 살아가는 소방관 수는 현재 3만여 명. 이들이 맡은 임무는 한두 가지가 아니다. 화재, 태풍, 호우, 지진, 공연 행사장, 놀이 시설, 산행에 이르기까지 대부분 시민들과 직접적으로 연결되어 있다. 또 군인과 경찰은 자신의 몸을 보호할 총기라도 지녔지만 소방관은 방화복 한 벌로 화마와 싸워야 한다. 그런가 하면 이들은 기동력 면에서도 군인과 경찰관에게 결코 뒤지지 않는다. 그곳이 에덴이든 사지든 신고만 접수되면 세상에서 가장 빠른 속도로 달려가기 때문이다.

2007년 9월이었다. 부산의 모 주택가에서 가정용 가스가 폭발해 화재로 번진 일이 있었는데, 안타깝게도 불길 진압 중이던 한 소방관이 현장에서 순직하고 말았다. 더욱 놀라운 사실은 정년을 한 달여 앞둔 그의 호주머니에서 다음과 같은 기도문이 발견되었다는 점이다.

제가 부름을 받을 때는 신이시여

아무리 강력한 화염 속에서도 한 생명을 구할 수 있는

힘을 저에게 주소서

너무 늦기 전에 어린아이를 감싸 안을 수 있게 하시고

공포에 떠는 노인을 구하게 하소서

누군가의 가냘픈 외침까지도 들을 수 있게 하시고

신속하게 대처하게 하소서

신이시여, 출동이 걸렸을 때

사이렌이 울리고 소방차가 출동할 때

연기는 진하고 공기는 희박할 때

고귀한 생명의 생사를 알 수 없을 때

동료보다 먼저 내가 준비되게 하소서

지옥 같은 불 속으로 전진할지라도 신이시여

나는 여전히 두렵고 비가 오기를 기도합니다

그러나 신이시여

내 형제가 추락하거든 내가 그 곁에 있게 하소서

화염이 원하는 것을 내가 갖게 하시고

누군가의 신음을 내가 먼저 듣게 하소서

그러나 만에 하나

신의 뜻에 따라 저의 목숨을 잃게 되면

신의 은총으로 저의 아내와 가족을 돌보아 주소서

시원한 물가에 나를 눕혀 주시고

내 아픈 몸을 쉬도록 도와주소서

김 씨의 요청대로 상견례를 마쳤으니 숙소로 돌아갈 시간이었다. 대문 밖까지 따라 나온 김 씨가 지나는 말로 산에서 길을 잃었을 때 제일 먼저 달려와 줄 사람이 누구일 것 같냐고 물었다. 순간 당황한 나머지 뒤통수를 긁어 대는 것으로 대충 얼버무리고 말았지만 숙소에 도착하도록 웬 물음표 하나가 끈질기게 따라붙었다.

'우리 모두는 초등학교에서 배운 것들을 너무 일찍 망각한 채 살아가는 건 아닐까요?'

오늘은 어디로 갈까

이튿날 아침 부여는 더없이 고요했다. 마치 하룻밤 꿈처럼 곤파스는 쥐도 새도 모르게 자취를 감춘 뒤였다. 순간 어리석은 사람은 태풍과 맞서지만 현명한 사람은 잠시 몸을 피한다는 속담이 머리를 스쳐 갔다.

김춘성 씨 댁을 다시 방문한 건 다음 날 오전 10시경이었다. 이야기는 주로 양부억예 씨와 나눴다. 독특한 이름에 지체 장애까지, 양 씨를 보는 순간 안학수 시인이 쓴 「곱추 아저씨」가 떠올랐다.

등에 공 하나 넣고
가슴도 불룩한 아저씨

움츠린 원숭이 목에

아이처럼 조그맣다.

"처음 보는 사람은 양부억예라는 내 이름이 좀 이상할 껴. 부르기도 귀찮고. 사실은 이거, 왜정 때 우리 아버지가 나를 살린답시고 지었다가 지금까지 못 고친 겨."

1944년생인 양 씨는 일본 오사카 출생이다. 광복을 두 해 앞둔 1943년 7월 양 씨 부모는 살길을 찾아 현해탄을 건넜는데 일본이라고 해서 사정이 썩 좋은 것만은 아니었다. 막상 도착해 보니 조센진(조선인 또는 한국인을 뜻하는 일본어 명칭)은 괄시의 대상일 뿐이었다. 일본에서 태어난 대부분의 동포들은 일본식 이름을 그대로 사용했고, 양 씨도 그중 하나다.

갖은 핍박 속에서 두 해를 보낸 양 씨 가족은 광복을 맞아 이북으로 떠났다. 이번에도 역시 남쪽보다는 북쪽이 더 안전할 거라는 양 씨 아버지의 판단에 따른 것이었다.

"너무 어렸을 때라 자세히 알 수는 없지만 언젠가 아버지를 통해 함경도 북청이라는 소리를 들었던 것 같아."

그러나 36년간 이미 빼앗길 것 다 빼앗긴 때늦은 광복은 화무십일홍에 불과했다. 들끓던 감격의 만세 삼창이 잦아들자 급한 건 생계였다. 이에 양 씨 가족은 다시 짐을 꾸려 부여로 떠났다. 오사카에서 두 해, 그리고 북청에서 한 해를 지내 보니 본향만 한 곳도 없었다.

부여로 돌아와 열흘가량 지났을까. 6척 거구에 활달한 성격을 타고 났는지 양 씨 부친은 단번에 공주 토목공사 소장 직함을 꿰찼다. 그렇지만 양 씨는 그런 아버지가 미워 견딜 수 없었다. 가족보다는 일을 먼저 생각하는 아버지인지라 그런 아버지를 보려면 양 씨는 눈에서 다래끼가 날 지경이었다. 그리고 집안에 악재가 찾아온 것도 밖으로만 떠도는 아버지의 귀가가 보름 주기에서 한 달 주기로 바람을 닮아 가고 있을 때였다. 막내인 넷째를 출산하던 중 어머니가 유언조차 남기지 못하고 사망하자 양 씨의 집은 다시는 봄이 찾아오지 않을 것처럼 꽁꽁 얼어붙고 말았다.

"우리 집이 그렇게 된 건 가정을 등한시한 아버지 탓이야. 동생을 낳자마자 엄마가 숨을 거뒀는데도 아버지만 집에 없었다니까."

마치 촌각을 다투듯 이번에는 쾅! 전쟁이 터졌다고 했다. 쫓기는 일에 넌덜머리가 난 양 씨 가족은 며칠 더 지켜보기로 했다. 하지만 쿵쿵 쾅쾅 인근에서 들려오는 포성의 진동이 심상치 않았다. 짐을 꾸려 피란길에 오른 방향 또한 마음에 걸렸다.

"아버지가 앞장을 서는 바람에 쥐 죽은 듯이 따르긴 했지만 내 마음은 그게 아니었다니까. 다른 집들은 윗녘에서 아랫녘으로 피란을 가는데 왜 하필 우리 집만 부여에서 공주로 가느냔 말이야!"

부여에서 공주까지는 200여 리, 양 씨의 가족을 태운 달구지가 제법 가파른 언덕배기를 오를 때였다. 정점인 고갯마루를 얼마 남겨 놓지 않은 상황에서 우산을 막 펼 때처럼 달구지의 앞부분이 뒤로 들리더니 가족 모두를 낭떠러지 언덕으로 처박아 버렸다. 눈 깜작할 사이에 벌어진 그 충격으로 잠깐 의식을 잃었다 눈을 뜬 양 씨는 오빠와 언니처럼 자신도 스스로 몸을 일으켜 보려 했지만 옴짝달싹할 수 없었다.

"그냥 떨어졌어도 온전치 못할 판에 살림살이들이 나를 덮쳤으니……. 그때 그런 겨, 이 허리가."

억울함을 호소하듯 양 씨가 주먹으로 자신의 가슴을 쳤다. 그의 눈가에 붉은 기운이 감돌았다. 옆에 앉은 김춘성 씨는 뚫어져라 천장만 쳐다볼 뿐 아내의 호소에 일절 대꾸가 없었다.

새엄마가 들어오자 양 씨는 하루아침에 찬밥 신세가 되고 말았다. 양 씨의 몸에서 이상한 냄새가 난다며 계모가 등을 돌려 버린 것이다. 그것도 모자라 계모는 식구들 중에서 양 씨만 보면 눈을 치켜뜬 채 저 병신을 당장 이 집에서 내쫓아야 한다며 대놓고 구박을 했다. 그렇다고 그걸 말려 줄 사람이 있는 것도 아니었다. 가장인 아버지는 공사 현장을 떠돌아다니느라 집안 사정을 알 턱이 없고 할머니 또한 성깔 사나운 계모 눈치 보느라 바빴다.

"계모한테 당한 서러움을 저 하늘이라고 알까? 굴러 온 돌이 박힌 돌 뺀다더니 글쎄, 나를 집에서 내쫓는 거라."

어디로 갈 것인가? 손에 들린 옷 보따리가 서러웠다. 전쟁 중이라 인심 또한 흉흉했다. 잠은커녕 밥 한 술 얻어먹기 어려웠다. 그런가 하면 찾아가는 곳마다 입놀림에 손가락질이 이어졌다. 폭격에 지붕이 날아가고 없는 인가에서 하룻밤을 보낼 적에는 뭇 사내들의 시선 때문에 도저히 깊은 잠을 들 수 없었다. 개중에는 눈에 불을 켜고 달려드는 놈도 있었다.

'아무짝에도 쓸모없는 쓰레기 같은 내 인생.'

'한순간도 저들 앞에 당당히 설 수 없는 내 몸.'

이런 양 씨에게 위안이 된 건 폭격으로 부서진 건물이었다. 몰골 흉한 건물을 보고 있으면 꼭 자신을 보는 것 같았다. 그래서인지 양 씨는 말할 줄 모르는 사물들이 더 좋았다.

신혼의 꿈은 깨지고

집에서 쫓겨난 지도 벌써 일주일째. 허름한 여관에 시중꾼으로 취직한 양 씨는 이보다 좋은 천국이 없었다. 먹여 주지 재워 주지, 주인만 내쫓지 않는다면 이곳에서 죽을 때까지 머물고 싶었다.

"아무튼 남자들이 문제야. 여관에 든 손님한테 마실 물을 갖다 주면 하나같이 나를 노리개 취급했다니까. 그것도 나잇살이나 먹은 양반들이."

이처럼 구설수란 특별한 게 아니었다. 여관에 취직해 한 달여쯤 지나자 이 사람 저 사람 입에서 양 씨의 이름이 거론되었다. 같은 또래들이라고 해서 예외일 수 없었다. 여관 주변을 기웃거리다 양 씨와 마주치면 그들은 예의 "곱추 저깄다."며 놀려 대기 일쑤였다.

차라리 콱 죽어 버릴까? 사람 취급 못 받고 사느니 그게 나을 듯싶었다. 그리고 막상 같은 또래들한테까지 수모를 당하고 보니 그 절망감은 이루 말할 수 없었다. 그들처럼 똑같은 하늘과 똑같은 달과 똑같은 별을 볼 수는 있어도 북적대는 세상으로 나오면 스스로 움츠러들 수밖에 없었다. 비로소 양 씨는 정상인과 장애인 사이에 놓인 벽이 자신이 예상한 것보다 훨씬 높다는 걸 알 수 있었다. 캄캄한 방에서 나와 태양이 내리쬐는 세상 한복판에 설라치면 자신을 비웃는 소리들이 사방에서 들려왔다.

수돗가에서 이불 빨래를 하고 있는데 여관 주인이 불렀다. 그녀는 양 씨를 보자마자 뺨을 후려쳤다. 네년의 짓이 아니고서는 내 금반지를 훔쳐 갈 사람이 없다는 게 그녀의 주장이었다. 순간 양 씨는 눈을 부릅뜬 채 짐승처럼 울부짖었다.

"자초지종 한마디 없이 나를 도둑년으로 몰아붙이는데 눈깔이 뒤집히겠나 안 뒤집히겠나. 그동안 말을 안 해서 그렇지 얼마나 조신하게 지냈는데. 정상인과 그렇지 못한 나를 나란히 앉혀 놨을 때 두 사람을 보는 세상눈이 다르다는 것쯤은 이미 알고 있었단 말이야."

더는 여관에 머물고 싶지 않았다. 겉(몸)으로 나타나는 건 어쩔 수 없다 쳐도 안(마음)까지 불구가 된다면 앞으로 살아갈 일이 무척 힘들 것 같았다.

양 씨는 가방을 챙겨 집으로 향했다. 세상 사람들과 섞여 한 해 남짓 살아 보니 넘어야 할 산이 너무 많았다. 그렇다고 집으로 향하는 발길이 마냥 홀가분한 것만은 아니었다. 진창의 수렁으로 다시 빠져드는 것 같은, 양 씨의 예감은 곧 현실로 나타났다. 처음 며칠은 아버지의 눈치를 보느라 별말이 없었지만 계모의 못돼먹은 성미는 채 열흘을 넘기지 못하고 그만 본색을 드러냈다. 양 씨는 바로 이럴 때 아버지가 나서서 계모를 좀 따끔하게 나무라 주길 간절히 바랐지만 그러기에는 아버지의 코가 석 자였다.

"그때 우리 집이 엉망진창이었다니. 여고생이었던 언니는 같은 동네 남학생과 연애에 빠져 정신없지, 중학교 2학년 때부터 껄렁끼가 든 오빠는 집만 나갔다하면 함흥차사지, 나는 나대로 몸이 이 모양이지…… . 아버지 입장이 보통 곤란한 게 아니었을 거야. 나를 포함해 제대로 된 자식이 하나도 없었잖아."

아버지와 계모 사이에서 출생한 남매를 돌보며 살얼음 낀 강을 건너고 있을 때였다. 퇴근한 아버지의 입에서 불쑥 결혼 이야기가 나왔다. 자신의 방으로 돌아온 양 씨는 선뜻 마음의 결정을 내리지 못했다. 이 몸으로 과연 정상적인 결혼 생활을 할 수 있을지…… .

선을 본 남자는 스물아홉 살이라고 했다. 일가친척만 모인 가운데 조촐하게 식을 올린 양 씨는 남편을 따라 임천으로 향했다. 그런데 이 무슨 날벼락인가. 시댁에 도착한 양 씨는 하늘이 내려앉는 심정이었다. 밥 담을 그릇은커녕 불 지필 검불조차 없었다. 더욱 기가 찬 건 해 질 녘 시동생과 함께 나타난 웬 아이를 보고서였다.

"글쎄, 저 못된 양반이 나를 감쪽같이 속인 겨. 그래도 부여에서는 부잣집 딸 소리를 듣고 자라 임천 사람을 몇 알고 있었는데 한 날 그 사람들이 찾아와 뭐란 줄 알아? 세 살짜리 아들도 친자식이 아니랴. 나보다 먼저 들어와 살았던 여자가 다른 남자와 정분이 나면서 그 애만 달랑 떼 놓고 줄행랑을 친 거지, 뭐."

본인의 이야기라 듣기가 좀 거북한 모양이었다. 왜 하필 이런 자리에서 자신의 과거사를 들먹이느냐며 남편 김 씨가 버럭 화를 냈다. 하지만 양 씨의 기세도 만만치 않았다. 오히려 그는 자신의 인생이 얼마나 슬픈 인생인데 이딴 이야기도 못하게 하느냐며 남편을 쿡 쥐어박았다.

8년 만에 다시 만난 부부

결혼한 지 보름 만에 집을 뛰쳐나간 양 씨는 장터 부근 허름한 가게를 얻어 국숫집을 차렸다. 홧김에 일을 벌인 탓인지 하루하루가 참담한 심정이었다. 식당을 찾은 손님들마다 양 씨를 보고는 슬금슬금 뒤꽁무니를 뺐다. 채 두 달도 못 되어 가게 문을 닫은 양 씨는 발길을 군산으로 돌렸다. 이런 몸으로 한평생을 살아가려면 장사보다는 기술을 배워 두는 게 더 좋을 것 같았다. 하지만 현실은 녹록치 못했다. 친구의 도움으로 봉제 공장에 취업한 양 씨는 시간 시간이 가시방석이었다. 마음을 터놓고 지낼 단 한 명의 동료가 절실했지만 실로 그것은 양 씨 혼자만의 짝사랑일 뿐이었다. 마지못해 다가오는 동료라고 해야 하룻밤 몸을 요구하는 게 고작이었다.

달포 만에 공장을 뛰쳐나온 양 씨는 다시 버스에 몸을 실었다. 이번에는 되도록 멀리 떠나고 싶었다. 그러나 배운 게 도적질이라고 그는

자신이 하룻밤 묵은 대구의 한 여인숙에 눌러앉고 말았다. 밝은 곳보다는 조금 음습한 곳이 자신이 머물 자리였다.

"그때는 가끔씩 이런 생각도 했던 것 같아. 하루를 살다 죽어도 좋으니 한 번만 정상인처럼 살아 보고 싶다는. 숨어서 지내는 게 너무 싫은 거라."

객실 청소를 하다 말고 양 씨는 손님들이 놓고 간 얄궂은 잡지를 펼쳤다. 일순 그의 몸이 젖은 장작불에 석유를 부었을 때처럼 확 달아올랐다. 사랑, 대체 그건 무엇일까! 정말 마음만으로도 가능한 것일까? 이처럼 양 씨는 자신의 몸이 달아오를 때면 뜨거운 물을 찬물에 식히듯 노래를 부르곤 했다. 이래 봬도 처녀 때 부여 콩쿠르에 나가 장려상을 탄 실력이었다.

'헤일 수 없이 수많은 밤을 내 가슴 도려내는 아픔에 겨워……'

언제 불러도 이미자의 노래는 마디마디 가슴이 저렸다.

양 씨는 악착같이 돈을 모았다. 돈이라도 있어야 사람들이 자신을 덜 무시할 것 같았다. 물론 그 이면에는 아버지가 있었다.

"나나 아버지나 서로 말을 못해서 그렇지, 아버지 눈에는 내가 얼마나 가슴 아픈 딸이었겠어. 명절 때마다 부여로 선물을 보내 드린 것도 일부러 그런 거야."

열 손가락 깨물어 안 아픈 손가락 없다는 아버지에게 전화가 걸려 온 날이었다. 이제 그만 됐으니 김 서방한테 돌아가라는 아버지의 음성이 종일 귓전을 맴돌았다. 그러고 보니 임천을 떠나온 지도 어느덧 8년째, 열흘 뒤 달을 채워 월급을 받아 낸 양 씨는 여인숙 문을 나섰다.

붉으락푸르락 이번에도 역시 김 씨의 표정이 영 심상치 않아 보였다. 아니나 다를까 그의 입에서 대뜸 '저놈의 여자'가 터져 나왔다.

"저놈의 여자를 그때 받아들이지 말았어야 하는 건데……. 제 발로 기어나가 8년 만에 돌아온 여자를 세상 어느 남자가 좋아할 껴."

"아이고, 사돈 남 말하고 계시네. 까놓고 말해서 당신이 나와 결혼해서 한 게 뭐 있는데. 가장이 돼 가지고 허구한 날 놀기만 했잖여."

보건대 남편 김 씨는 부인 양 씨를 절대 이길 수 없었다. 십 대 때 이미 산전수전 다 겪은 베테랑에다 속사포 기질을 갖고 있었다. 이런 양 씨의 기질이 제대로 빛을 발한 건 남편 김 씨가 보다 안정적인 벌이를 위해 면사무소 비료 운반 작업에서 건설 공사장으로 일터를 옮긴 뒤였다. 벌써 3개월째 밀린 남편의 임금을 받아 내려 모 건설 회사 사무실을 찾아간 양 씨는 한숨이 절로 나왔다. 사무실 테이블에 놓인 재떨이에는 담배꽁초가 수북이 쌓여 있고, 엉덩이를 걸치기조차 민망할 정도로 소파의 찌든 때가 한눈에 보였다. 팔을 걷어붙인 양 씨는 외출 중인 소장을 기다리며 부지런히 손을 놀렸다.

소장이 돌아온 건 그로부터 한 시간여쯤 지나서였다. 반들반들 윤기가 흐르는 사무실을 본 소장은 당장 내일부터 우리 사무실에 나와 청소를 좀 해 줄 수 없겠냐며 양 씨의 팔을 붙들었다.

"나야 뭐, 저 양반 밀린 노임 받으러 갔다 뽕도 따고 임도 봤으니 일석이조 아닌가. 그리고 청소라면 식은 죽 먹기잖아."

쥐구멍에도 볕 들 날이 있듯이 여덟 해만에 다시 합친 부부에게는 아무튼 전화위복이었다. 특히 양 씨는 정상인에게 자신의 존재를 인정

받았다는 사실에 뛸 듯이 기뻤다.

1980년 여름 김 씨 내외는 임천을 떠나 거처를 부여로 옮겼다. 지금은 비록 가진 게 별로 없어 단칸방에 살고 있지만 두 사람에게는 그어느 때보다도 분주한 나날이었다. 새벽같이 눈을 뜬 김 씨는 공사장으로, 집 안 청소를 마친 양 씨는 삶은 옥수수와 계란, 오징어 등속을 머리에 이고 종종걸음 쳤다. 물론 터미널 안 귀퉁이에 쪼그리고 앉아 물건을 파는 일은 늘 긴장의 연속이었다. 마치 암행처럼 군청 소속 단속반들이 들이닥치면 서둘러 몸을 피해야 하기 때문이다. 그렇지만 양 씨는 한 번도 노점을 그만둬야겠다고 생각해 본 적이 없었다. 그동안 본의 아니게 몇몇 직종을 전전해 봤지만 노점만큼 마음 편한 장사도 드물었다. 뭐랄까 행인(정상인)들의 따가운 시선쯤은 이제 얼마든지 견뎌 낼 수 있다고 할까.

"아버지마저 세상을 뜨고 나니까 기댈 곳이 없는 거라. 언니도 그렇고 오빠도 그렇고, 아버지가 세상 뜬 뒤로는 서로 소식조차 모르고 살았거든."

임천에서 부여로 나온 지 다섯 해만이었다. 마침내 둘만의 집을 장만한 부부는 꿈을 꾸는 것만 같았다. 파란의 세월은 아니었지만 흉터로 남은 흔적들까지 묻어 버리기에는 너무 아픈 시간들이었다. 슬하에 자녀가 없다는 이유로 맞는 명절은 얼마나 쓸쓸했던가. 부부에게는 늘 가장 기뻐야 할 날이 가장 슬픈 날이었다. 그리고 또 하나, 형제들이 사는 곳을 익히 알고 있으면서도 이웃들의 시선 때문에 찾아가지 못한 것 또한 가슴 아픈 일이었다.

"이런 몸으로 오빠나 언니를 찾아갔다가 만에 하나 이웃들한테 손가락질당하면 어쩔 테야. 조카들 보기도 그렇잖아."

듣고 보니 가슴이 아렸다. 자신보다는 상대를 먼저 생각하고 상대를 먼저 배려해야만 하는 장애인의 일상이 눈물겨울 뿐이었다.

집을 사서 이사한 날이었다. 김 씨 내외는 생전에 꼭 좋은 일 한번 해보자며 서로의 손을 그러쥐었다. 김 씨는 아내의 억척을 믿었고 부인 양 씨는 남편의 검소함을 믿었다. 남편 김 씨는 동네에서 소문이 자자한 자린고비로 반찬 두 가지면 밥 한 그릇을 뚝딱 비웠다.

5,000만 원을 내려고 했으나……

계획을 세우는 일은 즐거웠다. 100만 원이 새끼(이자)를 쳐 200만 원이 되면 그게 두 사람한테는 선물이었고, 200이 300으로, 300이 다시 500으로 불어나면 사는 게 힘든 줄 몰랐다.

"저 양반이 제일 못마땅해하는 게 뭔 줄 알아? 전기 스위치를 껐다 켰다 하는 거야. 냉장고 문도 하루 서너 번 열까."

목표한 5,000만 원이 다 채워진 건 계획을 세운 지 꼭 12년 만이었다. 그런데 하필 그 무렵 사흘 낮 사흘 밤을 쉬지 않고 퍼부어 대는 폭우로 인해 김 씨 내외가 사는 가옥이 그만 유실되고 말았다. 다행히 군에서 재건축을 해 주어 급한 불은 껐지만 살림 도구가 걱정이었다.

밖에서 보면 집을 새로 지어 번드르르할지 모르나 그 안은 속 빈 강정이 따로 없었다.

"5,000만 원을 다 모으면 그걸 옴막(전부) 소방서에 주려고 했던 것인데 그만 홍수가 나는 바람에…… . 처음 계획한 5,000에서 500이 빠진 건 장롱하고 테레비를 사느라 그리 된 거구먼."

2009년 4월, 입하를 며칠 앞둔 하늘은 구름 한 점 없었다. 아침 식사를 마친 김 씨는 양복을, 양 씨는 개량 한복을 꺼내 단장했다. 그러고 보니 꼭 10년 만이었다, 삼풍백화점이 붕괴된 게.

10년 전 그때의 기억을 떠올리며 부여소방서를 찾은 김 씨는 양복 주머니에 넣어 둔 봉투를 꺼내 서장에게 내밀었다. 봉투 속에는 다섯 장의 수표가 들어 있었다.

"2009년을 끝으로 소방직을 떠났으니 숨김없이 말씀드리겠습니다. 지체 장애도 그렇지만 그날 두 분의 얼굴을 보는 순간 말로는 설명할 수 없는 어떤 고난과 역경이 마치 손금처럼 보였다고 할까요. 송구하지만 봉투를 받을 수 없다고 했습니다. 그 돈 다시 가지고 가셔서 맛있는 것도 사 드시고, 겨울 나실 때 기름 아끼지 말고 따뜻하게 지내시라고 했습니다. 요즘 어르신들 노후다 뭐다 해서 얼마나 요란합니까. 만약 그날 김춘성 어르신의 입에서 세상에서 가장 존경하는 사람이 소방관이란 말만 나오지 않았어도 그 돈 절대 받지 않았을 겁니다."

부여를 찾기 이틀 전 미리 통화를 한 김대환(전 부여소방서 서장) 씨의 말처럼 그날 부여소방서는 찬반으로 갈렸다. 받자는 쪽과 받아서는 안 된다는 쪽으로. 그러나 오늘의 주인공이라고 할 수 있는 김 씨의 몸과 마음은 솜털처럼 가벼웠다.

"소방관들과 단체 사진을 한 판 찍고 나오는데 이 생각이 들더구먼. 내 일생일대에 가장 쓸 만한 일을 했다는."

이 이야기를 끝으로 가방을 챙길 때였다. 김 씨 집에 웬 손님이 찾아왔다.

"대구에서 오셨다기에 급히 달려왔습니다. 우선 이거부터 좀 보시겠습니까."

어제 잠깐 본 적 있는 윤용태(충청신문 부여 주재 기자) 씨의 전화를 받고 달려왔다는 이종창(부여소방서 근무) 씨가 서류 봉투를 내밀었다. 10여 페이지에 달하는 '김춘성 소방 장학회 운영 현황'은 보는 이로 하여금 흐뭇함을 자아냈다.

"김춘성 어르신께서 쾌척한 성금을 받고 고민들이 많았습니다. 그때 서장님께서 어르신의 존함을 딴 장학회를 만들어 보라고 해 오늘에 이르고 있고요. 보시면 아시겠지만 장학금은 두 종으로 분류했습니다. 소방관의 경우는 근무 도중 사고를 당했거나 건강이 좋지 못해 휴직 상태에 있을 때, 그리고 학생들의 경우는 소방관 자녀들이나 소방서가 책임져야 할 부분에서 사고를 당했을 때 일정액을 장학금으로 지급하고 있습니다."

보고에 가까운 이종창 씨의 설명을 끝으로 김춘성 씨 내외와 작별을 고한 뒤였다. 터미널로 향하던 이종창 씨가 걸음을 멈추었다.

"김춘성 씨 말인데요, 저 어르신 얼마 전에도 200평 밭을 군에 내놓으셨습니다."

뒤통수를 한 대 얻어맞은 사람처럼 나는 그만 할 말을 잃고 말았다. 급한 마음에 두 분의 한 손만 보고 나온 것 같아 차마 발길이 떨어지지 않았다.

불우 이웃 돕기가 아닌 장학금 기부를 선택할 수밖에 없었던 장봉순 씨

"종잣돈
600만 원"

북쪽으로 금오산 자락이 펼쳐진 경북 칠곡군 북삼읍 어로리는 다시 논실, 새마, 어부골, 이재민촌으로 나뉘었다. 장봉순 할머니가 거주하는 이재민촌은 1945년 8월 일제로부터 해방이 됐을 때, 해외에서 귀국한 동포들을 구제코자 세운 수용촌으로, 현재 30여 가구가 살고 있다.

북삼 읍사무소에 근무하는 박태자 씨와 함께 장봉순 할머니를 찾아가는 길이었다. 이웃들은 그사이 집을 새로 짓거나 단장한 모습이 역력한데도 유독 어로리 227번지만 해방 직후의 모습을 보는 듯했다. 폭격을 맞은 듯 사랑채는 반쯤 내려앉은 채였고 본채 또한 할머니가 이 집의 마지막 주인이 아닐까 싶었다.

"이 집도 건물만 내 것일 뿐, 땅 소유주는 따로 있다니. 육이오가 끝나 갈 무렵 남편을 따라 이곳으로 이사를 왔는데 그때는 이 집을 통째로 살 만한 여유가 없었지."

북경에서 맞은 광복

죽마고우로 지낸 친구들이 하나둘씩 고향을 떠나고 있었다. 하지만 할머니는 중매로 만난 남자와 살림을 차린 지 두 해만에 시집을 뛰쳐나오고 말았다. 나이가 너무 어린 탓도 있었지만 그보다 먼저는 남편과의 관계가 서걱서걱 모래밭을 걷는 심정이었다. 남녀 관계에서 이성은 뿌리에 해당되고 감정은 꽃에 비유되는데 열여섯 살 할머니에게 여섯 살 많은 남편은 숨 막히는 존재였다.

"인륜지 대사요, 백년지 가약인 혼인을 내 쪽에서 먼저 깨 버려 입이 열 개라도 할 말은 없다만 그 당시로서는 하루하루가 지옥이었지. 눈만 뜨면 집에 가고 싶어 미치겠는데 그걸 안으로 삭일 재간이 있어야 말이지."

물론 그렇다고 해서 특별히 달라지는 건 없었다. 친정으로 돌아와 사나흘쯤 지났을까? 마을 사람들의 눈길이 곱지 않았다. 그리고 며칠 더 지날 무렵에는 누군가의 입에서 '봉순이는 시댁에서 소박맞아 쫓겨났다'는 소리가 들려왔다. 이를 참다못해 어머니는 옷 보따리를 챙겨 딸의 등을 떠밀었다. 잠깐 포항에 가 있으라고 했다.

어머니의 눈물을 뒤로한 채 집을 나온 할머니는 갈팡질팡 둘 중 하나를 선택하는 것조차 어려웠다.

"시댁이든 포항이든 그중 하나를 선택해야 하는데도 그게 생각처럼 쉽지 않은 거라. 그래 터미널 화장실에 들어가 한바탕 울고 나니까 그제야 좀 정신이 들더라니."

이런 할머니에 대해 이모는 과연 어디까지 알고 있을까? 다행히 이모의 표정은 나빠 보이지 않았다. 일본 유학까지 다녀온 이모부가 초등학교만 졸업한 이모를 반려자로 선택한 건 빼어난 미모 때문이었다. 같은 여자인 할머니가 보아도 이모는 고루 삼박자를 갖춘 현모양처 타입이었다. 심성 착하지 요리 잘하지, 거기에다 미모까지 빼어난 이모는 그야말로 이모부의 사랑을 독차지하고도 남았다.

"되는 집은 대추나무에서 수박이 열린다고 하잖아. 이모부를 만난 지 3년 만에 떡두꺼비 같은 아들을 그것도 터울로 낳았으니 세상 어떤 남자가 이모 같은 여자를 싫어할까."

"그런 이모가 무척 부러웠겠네요?"

"이모부 턱 밑에 닿을까 말까한 키에 오뚝한 코, 어느 한곳 흠잡을 데 없는 이모를 보고 있으면 이 생각이 먼저 들었어. 한 배에서 태어난 자매인데도 어쩌다 우리 엄마 팔자는 왜 저 모양일까 하는. 우리 엄마는 죽지 못해 숟가락을 들고 차마 죽지 못해 일을 하는데도 그 동생인 이모는 장 보러 가는 게 하루 낙이었단 말이지."

그런 이모가, 곧 몸을 피해야 할 처지에 놓이고 말았다.

1937년 일본은 중일전쟁을 계기로 한층 더 조선의 민족말살정책을 강화하였는데 바로 그 무렵 일경들이 수시로 이모 댁을 찾아와 괴롭혔다. 일본어에 능통한 데다 토건업을 하고 있는 이모부를 어떻게든 자신들의 수중에 넣으려는 계략이었다. 그렇다고 그들의 계략에 호락호락 넘어갈 이모부도 아니었다. 당장의 안일을 위해서는 일경에 협조하는 게 그 순서겠지만 식견이 남달랐던 이모부는 벌써 해방 이후를 내다보고 있었다.

"똑똑한 사람은 뭐가 달라도 다르더라니. 왜놈들한테 협조하는 척 시간을 끌더니 제 몸 피할 채비를 하는 거라."

그런가 하면 그 무렵은 일제의 근로 보국대 모집이 한층 기승을 부렸다. 이모의 주선으로 선을 본 할머니는 번갯불에 콩 구워 먹듯 선을 본 지 보름 만에 급히 식을 올렸다. 이모네 가족과 함께 중국으로 떠나려면 그걸 증빙할 서류가 필요했다.

"내 평생 사흘에 걸쳐 기차를 타 본 건 그때가 처음이자 마지막이었어. 대구역을 떠난 기차가 경성, 개성, 평양을 지나 신의주에 당도할 때만 해도 조선 땅이 제일 너른 줄 알았더니, 세상에! 봉천(단둥)에서 기차를 갈아탄 뒤로는 말이 다 안 나오더라. 널러도 그리 너를까. 중국에 대면 조선은 땅도 아니더라니까."

북경에서 보낸 네 해 동안 그처럼 할머니의 눈은 휘둥그레질 수밖에 없었다. 처음에는 가도 가도 그 끝이 보이지 않는 너른 벌판에 놀랐다가 북경에 도착해서는 거리마다 넘쳐나는 인파로 인해 입을 다물지 못했는데, 듣던 대로 대륙은 인산인해였다.

"그때 비록 나라를 빼앗겨 쫓겨 간 신세였지만 중국에서 보낸 4년을 생각하면 지금도 가슴이 뛰어. 언뜻 보기에는 한량들 같아도 그 안을 들여다보면 그게 아닌 거라. 중국인들이 얼마나 검소하고 통이 큰데. 그때는 기술도 우리보다 한 수 위였지."

광복을 맞아 귀국길에 오른 할머니의 가슴은 자신감으로 넘쳤다. 시작은 작게, 꿈은 크게! 이 슬로건이 할머니가 북경에서 네 해를 보내며 얻은 가장 큰 수확이자 귀국 선물이었다.

빈손 귀향

보국대에 끌려가지 않으려고 결혼을 서둘렀던 건 사실이지만 중국에서 지켜본 남편은 결코 남들보다 뒤처질 사람은 아니었다. 특히 남편의 손재주는 우리보다 기술이 뛰어난 한족들이 부러워할 정도였다. 그리고 그 실효성은 귀국과 동시에 나타났다. 중국에서 익힌 소목(가구나 기물처럼 크기가 작고 섬세한 것을 만드는 일) 기술로 대구에 제법 큰 가구 공장을 차린 것이다.

당시의 기억이 아직도 생생한 탓일까? 연신 할머니는 대구시 대명동 4구 19번지를 잊을 수 없다며 아쉬움을 토로했다.

"공장 차리고 두 해만에 동산병원 뒤편에다 집을 한 채 안 샀나. 내 생전에 온전한 집을 가져 본 건 그때가 처음이었지."

돌아보면 할머니에게 8·15 광복에서 육이오가 발발하기 전인 이른바 해방 정국 다섯 해는 무엇 하나 부러울 게 없는 호시절이었다. 그러나 육이오는 너무 많은 것을 일시에 앗아가 버렸다. 그것도 모자라 종전 후에는 산업화가 본격화되면서 나무의 결을 살려 가구를 만드는 소목은 철과 유리 등 신소재에 밀려 추락을 거듭하고 말았는데 공평한 하늘은 재기의 기회마저 꺾어 버렸다.

"세상 변하는 속도가 그렇게 빨라질 줄 누가 알았겠나. 자고 나면 새로운 것이 생기고 자고 나면 옛것들은 온데간데없이 모습을 감추고……."

하루아침에 빈털터리가 된 할머니는 남편을 따라 대구에서 30킬로미터 떨어진 경북 칠곡군 북삼면으로 떠났다. 그러나 남편이 나고 자랐다는 고향은 생각보다 초췌해 보였다. 마땅한 거처를 구하지 못해 남의 집 헛간에서 잠시 지내던 할머니는 마을 주민 중 누군가 인근 구미로 옮겨 갈 거라는 소리를 듣고 한걸음에 달려갔다. 집 주인을 붙들고 사정한 끝에 지금의 주소지에 둥지를 튼 할머니는 인근에 셋방 하나를 더 얻었다.

"영감님 나이 쉰하나에 나는 마흔둘, 그 나이 되도록 둘 사이에 애가 없었으니 어떡하나. 싫고 좋고를 떠나 안사람인 내 입장에서는 그 방법밖에 없었다."

그사이 셋방을 다녀간 여자만도 벌써 세 명, 하지만 별다른 소식은 없었다. 비로소 한시름 놓은 할머니는 칠거지악의 심판대에서 풀려난 기분이었다.

"여자로 태어나 애 없는 설움을 어디 배고픈 설움에 비길까마는 아무튼 나로서는 홀가분한 게 사실이었다."

시작은 작게 그러나 그 꿈은 크게 가지라던 북경에서의 기억을 되살려 할머니는 병아리를 열 마리 샀다. 면사무소에서 지급하는 배급 쌀만으로는 두 식구 연명조차 어려웠다. 기특한 건 가축의 번식력이었다. 햇병아리를 구입한 지 반년 만에 어미가 된 암탉이 알을 낳기 시작하더니 그 알들은 마침내 부화를 거쳐 100여 마리로 늘어났다.

"1년도 채 안 되어 열 마리가 백 마리로 늘어났으니 혀를 내두를 수밖에. 하루는 계사를 짓는데 동네 사람들이 몰려와 다들 한마디씩 하는 거라. 이런 경사가 세상 어디에 있겠냐며. 뭐, 그때만 해도 농촌에 양계라는 말이 있기나 했나. 가구당 기르는 닭이라고 해야 여남은 마리가 전부였는데."

중국에서 지낼 때 눈여겨본 대로 할머니는 밀과 보리를 빻아 시루에 쪘다. 그런 다음 아카시아 잎과 고루 섞어 내놓자 영양가 만점의 사료로 둔갑했다. 어디 그뿐일까. 닭의 가장 취약점인 면역력을 높이기 위해 할머니는 눈만 뜨면 들로 산으로 휘젓고 다녔는데 놀랍게도 닭들은 개구리와 뱀을 삶아 먹인 뒤로 병치레 한 번 하지 않았다.

정신없이 바쁜 와중에도 늘상 염려가 되는 건 할아버지의 건강이었다. 어로리로 이사 오고부터 두통을 호소한 남편은 늑막염에 결핵까지 앓아서 할머니의 눈에도 그 병세가 심상찮아 보였다. 하지만 할머니는 할아버지 밑으로 들어가는 약값과 병원비가 가계 지출의 3분의 2를 차지하는데도 표정을 바꾸는 일이 없었다.

"나한테 누가 있나. 의지할 사람이라고는 남편밖에 없잖아. 그러고 보면 부부로 연을 맺는 일이 참 귀한 것 같아. 어쨌거나 내 인생의 절반은 그 사람 거잖아."

양계에서 재미를 본 할머니는 토끼를 사들였다. 그로부터 반년 뒤에는 돼지도 두 마리 사들였다. 하루라도 더 남편을 곁에 묶어 둘 수만 있다면 무슨 일이든 다 할 생각이었다. 하지만 애통하게도 남편은 이런 할머니의 마음을 뒤로한 채 스르르 눈을 감고 말았다. 병상에 든 지 꼭 다섯 해 만이었다. 흔히들 하는 말로 있는 돈 없는 돈 다 잡아먹은 뒤 저승길을 재촉한, 물질로 치면 그동안의 시간은 감래(甘來) 없이 고진(苦盡)만 존재한 꼴이었다.

배급 쌀과 월강채 빚

둥지를 잃는 것도 슬픈 일이지만 짝을 잃은 슬픔은 긴 장마 속에 갇힌 듯했다. 언제쯤 해가 다시 뜰까, 남편의 빈 자리는 생각보다 오래 갔다. 그때 마침 마을 이장이 찾아와 봉투를 하나 내밀었다. 남편을 떠나보낼 때 상여 새끼줄에 끼운 월강채(노잣돈)였다.

"세상을 살다 보면 넙죽 받아도 되는 것이 있는가 하면 절대 그래서는 안 되는 것이 있게 마련인데, 그걸 번연히 알면서도 이장이 내미는 봉투를 덥석 받고 말았으니 그 죄가 보통 죄야. 우리 영감님 편안한 곳에 모셔 달라고 상여꾼들에게 준 돈을 다시 돌려받은 꼴이 돼 버렸잖아."

마지못해 받아 든 그 돈으로 식량부터 구한 할머니는 일터로 향했다. 두 해 전부터 마을에 크고 작은 공장들이 들어서면서 아파트 신축 공사가 봇물을 이뤘는데 예순을 훌쩍 넘긴 할머니가 할 수 있는 일이라야 합판에 박힌 못을 빼거나 사무실 청소를 하는 정도였다.

"한 달에 한 번이나 쉬었나. 영감님을 떠나보내면서 굳게 마음먹은 게 하나 있었는데 무슨 일이 있어도 장례비만큼은 내 손으로 마련해 둬야 한다는 거야. 나이만 먹었지, 기댈 곳이 없잖아."

짝을 잃은 슬픔이라는 게 그랬다. 누가 시키지 않아도 스스로 하는 버릇이 생겼다. 실은 보름 주기로 찾아오는 간조 때마다 도망치듯 마을금고로 달려간 것도 다 그 때문이었다. 이제 믿을 거라고는 손바닥 크기의 예금통장밖에 없었다.

그러고 보면 저축과 가축 기르는 일은 닮은 구석이 많았다. 첫 통장을 개설해 30만 원을 저축했을 때만 해도 어느 세월에 목표한 액수를 다 채울까 하고 한숨부터 지었지만 그 액수가 100만 원을 넘어서면서부터는 햇병아리가 암탉으로 자라 알을 안겨 주는 기분이었다. 물론 그렇게 되기까지는 할머니의 구두쇠 정신이 한몫을 한 게 사실이었다. 전기세를 아끼느라 할머니는 일터에서 돌아오기 바쁘게 이부자리부터 폈는데, 여남은 인부들 중에서 신발을 기워 신는 사람은 할머니뿐이었다.

"옷이든 신발이든 다 해질 때까지 써 보면 그 고마움을 알 수 있지. 오래 정들수록 둘 사이가 어떻게 깊어졌는지 그걸 알 수 있다고 할까. 아무튼 나는 그런 사람이 좋아."

그보다도, 사실 여자 몸으로 남자들과 함께 일을 한다는 건 말처럼 쉬운 게 아니다. 난무하는 욕설에 주먹다짐, 거기에 성희롱까지 더해지면 할머니는 아예 귀를 닫아 버렸다.

"겉으로 먹은 나이야 어쩔 수 없다 쳐도 속만은 나도 여자잖아. 이런 나를 코앞에 둔 채 아들뻘이 될까 말까 한 인부들이 하루도 거르지 않고 입을 놀려 댔으니 어느 귄들 듣기 좋을까. 아마 그때 마음속 깊이 품은 계획만 없었다면 500(만 원)에서 그만뒀을 거라."

욕설과 성희롱이 난무하는 노가다판에서 한 해를 더 버틴 결과였다. 첫 월급 30만 원에서 시작한 예금통장은 4년 만에 1,000만 원으로 불어났다. 일부러 일을 나가지 않아도 되는 비 오는 날을 기다렸다가 은행을 찾은 할머니는 600만 원을 인출해 읍사무소로 향했다.

"그동안 알게 모르게 빚지고 산 게 많았잖아. 나라에서 무상으로 준 배급 쌀도 그렇고 상여꾼들이 되돌려 준 월강채도 그렇고. 나중에 내 나이 되어 보면 알겠지만 그걸 갚지 못하고 눈을 감는다면 얼마나 염치없는 짓이야. 그리고 누구한테 돈을 빌려야만 꼭 빚인가."

할머니의 생각이 그렇다면 굳이 뭐라고 할 말은 없었다. 다만 한 가지 여쭙고 싶은 건 그 돈을 왜 불우 이웃이 아닌 장학금으로 내놓았느냐 하는 것이다. 할머니라면 어려운 집안 형편 때문에 공부를 그만둔 자식이 없잖은가.

"그걸 꼭 말해야 하나?"

"아닙니다. 말씀하시기 곤란하면 안 하셔도 됩니다."

강직한 성품 탓인지도 몰랐다. 할머니의 침묵이 지속되자 오히려 당황한 쪽은 나였다. 이럴 때 할머니와의 만남을 주선해 준 박태자 씨가 좀 나서 주길 바랐으나 그는 어로리에 거주하는 기초생활수급자를 만나고 오겠다며 딴청을 피웠다. 갈수록 입장이 난처해지고만 나는 숨을 죽인 채 방 안 모서리에 쌓아 둔 이불만 뚫어져라 쳐다보았다.

"600만 원을 장학금으로 내놓은 건 나만 아는 한 때문이었을 거야. 다른 여자들처럼 나도 자식을 낳으면 대차게 한번 공부시켜 보고 싶었다 할까. 지금이야 이런 맘 저런 맘 다 접어 버려 아무렇지 않게 얘기할 수 있지만 쉰 전만 해도 내 속이 속이 아니었지. 가방 들고 학교에 가는 애만 봐도 얼굴이 화끈거렸다면 믿겠나? 그걸 몰래 숨어서 지켜보는 일이 나로서는 너무 힘들었던 것 같아."

마치 모든 걸 체념한 사람처럼 털어놓는 할머니의 지난 이야기에 나는 얼굴을 들 수 없었다. 괜히 질문을 던졌다가 잘 아문 상처를 덧낸 꼴이 되어 버린 것 같아서였다. 그 점을 알아차렸는지 할머니는 서둘러 이야기의 방향을 그 다음 페이지로 넘겨 버렸다.

"영감님이 병환으로 누워 지낼 때 제일 힘든 게 뭐였는지 아나? 지게를 지고 집을 나설 때야. 그 짐이 가볍든 무겁든 상관없이 지게를 지고 동구를 지나올 때면 왜 그리도 낯부끄럽던지."

그러고 보니 할머니는 그동안 자신의 버팀목 역할을 해 준 '체통'을 지켜 내느라 애쓰는 모습이 역력했다. 누군가로부터 업신여김을 당하지 않으려면 체통이야말로 최후의 보루가 아닌가.

할머니의 이야기는 계속되었다. 하지만 이번 이야기는 달면서 쓰고 쓰면서 달았다.

장봉순 할머니께

안녕하세요?

저는 학원에서 공부를 하다 신문으로

[장봉순] 할머니를 보게 되었어요.

그리고 저는 3학년 10살 최영창 이라고해요.

할머니가 장학금 600만원을 낸 것을 보고 저

놀랐어요. 저는 돈을 아끼지 안고

학 써 버려요 저금이라는 말은 아는데

저는 저금을 별로 하지 않아요.

언제나 할머니를 생각하며 이제 용돈

저금 하고 불우이웃도 돕고 할머님

처럼 훌륭한 영창이가 될게요.

그럼 안녕히 계세요

"아파트에서 살았던 사람들이 이사를 한다고 해서 가 보면 나도 모르게 혀부터 차게 돼. 장롱에 찬장, 하물며 식기까지 버리고 가는 게 한둘이어야 말이지. 이게 다 정이 메말라서야. 그런 말도 있잖아. 그 집 세간들과 얼마나 빨리 정을 붙이느냐에 따라 한 여자의 일생이 더운 밥과 찬밥으로 나뉠 수도 있다는"

그러면서 할머니는 윗목을 가리켰다. 아닌 게 아니라 할머니의 세간은 어느 것 하나 반듯한 게 없었다. 아귀가 잘 맞지 않은 장롱은 한 뼘쯤 문이 열린 채였고, 그 옆 낡은 찬장은 온통 상처투성이였다. 할머니는 그 둘을 12년째 사용 중이라고 했다.

종잣돈 600만 원이 2억으로

낼모레면 여든을 바라보는 나이지만 할머니가 꼭 챙기는 것이 있다. 마을의 대소사다. 남편이 세상과 작별을 고할 때 그 마지막 길을 보내 준 사람들이 누구였던가. 고마운 사람들이요 평생 잊지 못할 사람들이다. 때문에 할머니는 마을의 대소사가 생기면 한사코 경조금을 빠트리지 않는다. 반면 할머니는 얼마 전부터 텔레비전 대신 라디오를 청취한다고 했다. 그 이유를 물었더니 할머니는 10편의 드라마 중에서 무려 8편이 불륜에 이혼 이야기뿐이라며 몹시 못마땅해 했다.

"배운 사람이나 못 배운 사람이나 그게 그거라면 비싼 돈 들여 공부

할 게 뭐 있남? 그러니까 생각나구먼. 중국에서 지낼 때 귀담아들은 건데, 상해에서는 대찬 꿈을 품되 북경에서는 활짝 그 꽃을 피우라고 했지. 그런데도 요즘 사람들을 보면 많이 배울수록 더 염치없고 더 뻔뻔해지는 것 같아. 북경은커녕 상해조차 보이지 않는단 말이야."

단 한순간도 당신의 흐트러진 모습을 보인 적 없는 할머니의 이 이야기를 끝으로 아쉬운 작별의 인사를 나눈 뒤였다. 운전 도중에 박태자 씨가 뜻밖의 이야기를 들려주었다.

"할머니를 자주 찾아뵙는 건 아니지만 저 역시도 늘 조심하는 편입니다. 할머니와 마주 앉아 있으면 옛 훈장 어른이 떠오른다고 할까요. 6년 전에는 이런 일도 있었습니다."

같은 마을에 사는 사십대 초반의 남자가 장봉순 할머니를 찾아온 날이었다. 결혼 4년째인 그는 할머니에게 자신의 아내에 대해 한참 동안 이야기를 한 뒤, 어떻게 하면 아내의 알뜰치 못한 지출을 줄일 수 있는지 그 비법을 물었다. 그러자 할머니는 그 남자에게 다음과 같은 처방전을 내놓았다. 아내가 엉뚱한 곳에 돈을 쓰면 남편인 당신은 좋은 일에 쓰라는.

"그러니까 할머니는 좋지 않은 버릇은 좋은 곳을 지켜보는 가운데 서서히 고쳐 가야 한다고 말씀하신 거네요."

"그것만이 아닙니다. 할머니가 기부한 600만 원이 종잣돈이 되면서 현재 2억 가까이 모아졌는데 제일 먼저 동참한 분들이 누구였는지 아십니까? 같은 마을에 사는 주민들이었습니다."

머잖아 북삼 읍사무소에 장학 재단이 설립될 거라고 했다. 장학 재단을 설립하려면 최소 2억 원의 돈이 필요한데 현재로서는 상당히 희망적이라고 했다.

"아무튼 장봉순 할머니는 우리 모두에게 너무 큰 선물을 안겨 주셨던 것 같습니다. 주민들에 이어 지역 유지들이 동참을 선언했고 그로 인해 스스로를 돌아보는 계기가 되었으니 이거야말로 일석이조가 아니고 뭐겠습니까. 나중에 할머니께서 우리들 곁을 떠나고 없더라도 십시일반만큼은 두고두고 회자될 것 같습니다."

장학금을 기부하고 더덩실 춤추며 기뻐한 모복덕, 채동만 씨

"그 집은
달러라"

농어촌 버스가 신광면 면 소재지를 막 지나고 있었다. 2차선 도로변에 일강 김철(1886~1934) 생가를 알리는 표지판이 눈에 들어왔다.

　　1886년 전남 함평군 신광면 함정리 구봉 마을에서 출생한 선생은 일본 메이지 대학 법학과를 졸업한 뒤 귀국, 1917년 망국의 한을 풀고자 천석꾼 재산을 정리해 만주로 망명하여 김구, 조소앙 등과 조우하게 되는데, 상해 임시 정부와 연을 맺은 것도 그 무렵이었다. 이후 상해 임시 정부 청사가 김철 명의로 임대돼 있을 만큼 그의 역할은 결코 적지 않았다. 임시 정부에서 군무장, 재무장, 군무원 비서 실장을 역임한 것이다.

　　특히 선생은 일제에 항거하다 중국 항저우에서 타계하였는데 선생이 남긴 한 통의 편지는 후세에 두고두고 회자되었다.

나는 조국의 독립을 위해 기꺼이 이 한 몸 바쳤으니 더 이상 나를 찾지도 기다리지도 마시오. 그리고 부인, 부인의 앞날은 부인이 알아서 잘 처신하길 바라오.

그리고 얼마쯤 지났을까. 선생이 남긴 한 통의 편지를 가슴에 품은 부인 역시 일제의 탄압이 심해지자 그만 소나무에 목을 매고 말았다. 부군인 선생께서 가족 걱정 없이 오직 독립 운동에만 전념토록 하기 위해서였다.

내 나이 열일곱

전남 함평군과 영광군의 경계에 자리한 보여리는 타고 간 버스의 종점이었다. 한가로이 누워 있는 한 마리의 소를 연상케 하는 군유산 자락을 뒤로하고 마을로 들어서자 웬 노인이 길을 가로막았다. 밭에 다녀오는 길인지 노인이 탄 경운기에는 콩이 한 짐 실려 있었다.

"어르신 말씀 좀 여쭙겠습니다. 혹시 이 마을에 모복덕 할머니께서 사십니까?"

"모복덕이면 우리 집사람인데……"

말끝을 흐린 채동만 씨가 뜻밖이라는 표정을 지어 보이며 앞장섰다.

대문 밖에 걸린 문패가 인상적이었다. 반듯하게 자란 남매처럼 '채동만, 모복덕' 내외는 청첩장 크기로 나란히 서 있었다. 그런가 하면 마당 안은 동백, 산세비에리아, 금잔화, 천량금, 산호수, 보리수, 로즈메리, 홍콩 야자, 산데리아나, 토란 등 화초들로 넘쳐 났다. 족히 100여 종은 돼 보였다.

"저 화초들 다 집사람 것이요. 어디만 댕겨 오면 집사람 손에 저것들이 들려 있었지라."

반면 본채와 사랑채는 상당히 대조적이었다. 건축을 한 지 얼마 안 되어 보이는 본채에 비해 스무 섬 남짓 벼 가마니를 차곡차곡 쌓아 둔 사랑채는 모진 풍파의 흔적이 고스란히 묻어났다.

"들에서 일하다 달려갔더니 그새 우리 집이 잿더미로 변해 있습디다. 그때 불로 집을 옴막(전부) 날린 뒤 새로 지었는디 돈이 쪼께 여의치 않다 본께 행랑채는 그대로 둘 수밖에 없었구먼이라."

10년 전 전기 누전으로 정든 집을 잃었다는 채 씨가 담배를 피워 물었다. 본채와 사랑채를 번갈아 보는 그의 표정에서 썰물과 밀물이 교차했다.

"속내를 잘 모르는 사람들은 집을 새로 지어 부러워들 하지만 내 입장은 좀 다르요. 조상님께서 물려주신 집을 끝까지 간수 못하고 불구덩이 속으로 밀어 넣었으니 그 죄가 얼마나 크겠소. 집에서 쓰는 연장만 해도 안 그럽디여. 새것이 좋을 것 같지만 그게 어디 손때 묻은 옛 것만 하겠소."

땅 꺼지는 채 씨의 한숨을 따라 단층 양옥 거실로 막 들어섰을 때다. 식사 전인지 거실은 청국장 냄새가 진동했다. 오전 9시, 결코 평범

한 집의 아침 식사 시간은 아니었다.

"우리 집 끼니가 맨날 이러요. 농번기 철에는 더 정신없고라. 그란디 아침은 자셨소, 어쨌소?"

"읍내에서 먹고 왔습니다."

"그렇게나 빨리 문을 연 식당이 어딨다고 말씀을 그리 하시요. 인자 다 됐응께 쪼매만 더 기다리쇼. 5분이면 되겄소."

수인사를 마친 모복덕 씨가 주방으로 다시 들어가 밥상을 차릴 때였다. 땀으로 흠뻑 젖은 상의를 벗어 거실 바닥에 휙 내던진 채 씨가 냉장고에서 맥주를 한 병 꺼내 왔다.

"한잔하실라요?"

"아닙니다."

"어째 농사짓는 일이 갈수록 힘드요. 마을이 노인당 같고라."

맥주 한 병을 다 비운 뒤 채동만 씨 내외와 아침 식사를 하는 자리였다. 두 분이 처음 만난 때를 기억하느냐고 묻자 모 씨가 먼저 말문을 열었다.

"채 씨 문중으로 시집 올 때까지만 해도 구지렁 밥을 먹어 본 적이 없었소. 더구나 농사일은 아는 게 전무했고라. 그런 내가 밥하고 소죽 쑤고 여물까지 썰어 댔으니 삭신이 온전했겄소. 열일곱에 시집 와 첫 모를 심을 때는 또 어쨌고라. 종아리에 시커먼 거머리가 한 주먹씩 달라붙어 쌌는디 더는 무서서 모를 못 심겄습디다."

무엇보다도 시아버지의 눈초리가 예사롭지 않았다. 거머리에 질린 나머지 모 씨가 모를 심다 말고 첨벙첨벙 논두렁으로 뛰어나가자 시아

버지 입에서 "그따구로 일할 거면 냉큼 짐 싸서 친정으로 돌아가."라는 불호령이 떨어졌다.

"우리 시아버지 성깔이 보통 깔깔해야지라. 출타를 한 날은 비상도 그런 비상이 없었당께라. 마을 모퉁이를 들어서다 말고 시아버지가 찌렁찌렁 소리를 질러 대면 식구들 모두 맨발로 뛰쳐나가 반절로 안 맞았소. 두 손을 이렇게 배꼽에다 가지런히 모으고서라."

한 날은 이런 일도 있었다. 아직 스무 살도 안 된 며느리 앞에서 시아버지는 이년 저년 입에 담지 못할 욕설까지 퍼부었다.

"맞어라. 그때 저 사람 고생 숱하게 했소. 술이 좀 거하다 싶은 날은 우리 부친께서 손찌검까지 했단 말이요."

아내 앞에서 그것도 제 부친의 지난 과오를 털어놓는 일이 어디 생각처럼 쉬울까 마는 채 씨는 마다하지 않았다. 그만큼 채 씨 부친은 마을에서 정평 난 '꼬장 영감'이었다.

"명색이 나도 남잔디 어째 각시하고 자고 싶지 않았겠소. 그란디 말이어라, 각시 방에 불이 꺼져야 자든가 말든가 할 것 아니요. 곧 닭이 울 때가 다 돼 가는디도 저 사람은 그때꺼정 바느질을 하고 있습디다."

신혼 시절 각시와 단둘이 마음 놓고 한번 자 보는 게 꿈이었다는 채 씨가 담배에 불을 붙인 뒤 숨을 골랐다. 그러자 옆에 있던 모 씨가 한숨을 내쉬었다.

"지금이사 세월이 물때처럼 흘러 별 감정은 없소만 그래도 떠나실 때는 가슴이 아픕디다. 좀 더 잘해 드리지 못해 그랬는지 돌아가시고 석삼년은 시아버지가 자주 꿈에 나타났고라."

10여 년 전 중풍으로 쓰러진 시아버지가 자리보전하며 지낼 때였다. 둘째 며느리를 들여 봐야 맏며느리의 무던함을 알 수 있다고 채 씨 집 안에 모복덕 씨가 바로 그 롤모델이었다. 무려 세 해를 단 하루도 거르지 않고 시아버지의 똥오줌을 도맡아 받아 낸 것이다. 그런데 한 날 예기치 못한 일이 생기고 말았다. 4남매 맏이인 채 씨가 아내를 대신해 부친의 아랫도리를 닦으려 하자 부친이 버럭 화를 내는 게 아닌가. 그것도 핏대를 세우며.

"하루 이틀도 아니고 속이 좀 타긴 탑다. 제수씨가 둘이나 되는데도 우리 아버지 병 수발을 집사람 혼자서 다했단 말이요. 그래 한 날 큰맘 먹고 아버지한테는 아들 노릇을, 집사람한테는 서방 노릇을 해 보고 싶어 방에 들어갔다 지청구를 듣고 난께 그만 눈물이 핑 돕디다. 뭐, 별다른 뜻이야 있었겠소. 아들놈 하는 짓이 서툰 데다 며느리만 못하께 화를 내신 거지."

내 자식들을 어찌할 것인가

서울에 잠깐 다녀올 거라며 집을 비운 남편의 행적은 닷새가 지나도록 묘연했다. 그로부터 보름 후 시어머니 입에서 채 씨가 입대했다는 소식을 전해 들은 모 씨는 망연자실하고 말았다. 더욱 기가 막힌 건 남편 채 씨가 월남 파병을 자원했다는 점이다. 만에 하나 총알이 빗발

치는 전쟁터에서 예기치 못한 일이 발생한다면 앞으로의 일을 어찌할 것인가. 딸 셋에 아들 쌍둥이를 둔 모 씨는 살길이 막막했다.

"그때 저 양반 원망 많이 했구먼이라. 나는 어찌케 살라고 일언반구도 없이 전쟁터를 갔느냐 말이요?"

당시의 일이 되살아나는 걸까. 벽에 등을 기댄 채 모 씨가 남편을 쏘아보자 채 씨는 계면쩍은 듯 허허 헛웃음을 쳤다.

"부모님에 자식들까지 나로서는 좀 바빴지라. 서른 넘어서 입대를 했다면 늦어도 한참 늦은 것 아니요? 그래도 말이어라, 산을 개간해 열 마지기 넘는 밭을 만들어 놨는디도 차마 집사람한테는 군에 댕겨온다는 말을 못 하겠습디다."

남편이 땀 흘려 개간한 비탈밭에 조와 콩을 심는 날이었다. 모 씨는 눈물이 앞을 가려 일을 할 수 없었다. 장남 노릇 한답시고, 가장 구실 한답시고 그동안 얼마나 힘들었을까? 말 통하는 내 땅에서 복무 중이라면 한걸음에 달려가고 싶지만 비행기를 타지 않으면 못 갈 땅이고 보니 하늘이 원망스러울 뿐이었다. 하긴 매달 초순경 우편환으로 도착하는 남편의 전쟁 봉급 6,000원을 받을 때면 얼마나 죄스러웠던가. 잠을 자다가도 모 씨는 백마 부대 소리만 나오면 자리에서 벌떡 일어나곤 했다.

기저귀를 찬 게 엊그제 같던 큰딸이 어느덧 초등학교에 입학한다며 몹시 들떠 보였다. 그런 딸을 지켜보며 모 씨는 마음 한구석이 뒤숭숭함을 느꼈다. 농사에 가사, 시부모 병수발까지. 손이 열 개여도 모자랐다. 또 사정이 그렇다 보니 정작 자식들 앞날에 대해서는 생각할 틈조차 없었다. 남편마저 부재중인 터라 늘어나는 건 한숨뿐이었다.

"지금까지도 그래라. 큰딸하고 작은딸을 보고 있으면 한숨이 먼저 나와라. 그 두 것 국민핵교 댕길 때 어미랍시고 핵교만 마치고 오면 깔(꼴)부터 베 오라고 등을 안 떠밀었소."

눈에 넣어도 아프지 않을 자식들이 두 해 간격으로 학교에 들어갈 무렵이었다. 가을걷이를 마친 모 씨는 서둘러 집을 나섰다. 농사만 갖고는 언감생심 다섯 자식의 미래가 너무 불투명했다.

"사람 생각이라는 것이 참 무섭다. 자식들 밥이야 굶기지 않겠지만 부모가 돼 갖고 거기서 눌러앉는다면 얼마나 부끄러운 일이요. 자식들이 있기에 부모라는 소리를 듣는 것 아니겠소?"

이래서 여자는 약하지만 어머니는 강한 것일까. 모 씨의 쌀 장사 이야기는 가슴이 뭉클했다.

"가을 농사를 마치면 장으로 쌀 장사를 나갔는디 지금꺼정 내 목이 붙어 있는 걸 보면 참 용하다 싶어라. 백 근이 다 되는 쌀을 머리에 이고 이십 리 길을 가자면 중간에서 한 번 쉬어야 하는디도 그걸 다시 이어 줄 사람이 있어야 말이제라. 거짓말 안 보태고 장에 도착해 머리에 인 쌀을 부리고 나면 하늘이 다 노랗다."

농사만으로는 길이 보이지 않아 쌀 장사를 나선 지도 어느덧 반년이 지나고 있었다. 쌀을 사 가는 사람들마다 미역이나 멸치를 같이 놓고 팔면 누이 좋고 매부 좋지 않겠느냐는 농담에 모 씨는 아차 싶었다. 바늘 가는 데 실 따라 가듯 밥에는 반찬이 따르는 법이었다. 그렇지만 함평에서 목포까지의 거리가 만만찮았다. 첫차를 타기 위해 새벽같이 길을 나섰는데도 해산물을 구입해 집에 도착하면 허기가 몰려왔다. 뿐만 아니라 쌀과 해산물을 같이 팔다 보니 죽어나는 건 모 씨의 몸이었다. 쌀만 팔 때는 귓갓길이 한결 가벼웠지만 해산물 값으로 쌀과 보리를 받으면서부터는 고스란히 짐이 되어 버린 것이다.

오매불망 남편이 월남에서 무사히 돌아와 반가운 건 사실이지만 아들 쌍둥이가 중학교에 입학하자 모 씨는 이를 더 악물 수밖에 없었다. 초등학교밖에 못 보낸 딸들한테는 염치없는 짓이지만 두 아들만큼은 절대 포기하고 싶지 않았다.

"세상 어미의 행복이 뭐겠소. 그저 남들 자랄 때 내 자식도 쑥쑥 자라 주고, 남들 공부할 때 그 시기를 놓치지 않고 뒷받침해 주는 것 아니겠소?"

고민 끝에 모 씨는 장소를 옮기기로 마음먹었다. 그동안은 자리를 지키고 앉아 오는 손님을 맞았다면 앞으로는 직접 찾아갈 생각이었다. 인근 나주로 송정리로 영광으로, 해산물을 머리에 인 그의 보따리 장사는 말 그대로 엄마 찾아 삼만 리였다. 물론 모 씨가 제 잇속만 차리는 건 아니었다. 노인 혼자 지내는 집을 방문할 때면 청소와 빨래는 물론이고 손수 밥까지 지어 주었다. 시부모를 생각하면 차마 발길이 떨어지지 않았다.

그런 어느 날이었다. 모 씨를 깜짝 놀라게 하는 일이 기다리고 있었다.

"처음에는 가슴이 철렁 내려앉습디다. 아이 글쎄, 노인 혼자 사는 집 마당으로 들어서는디 거기 모인 사람들이 한둘이어야 말이제라. 하마나는 송정리에 사는 그 어르신이 먼 길 떠난 줄 알았단 말이요.”

그러니까 그날 모인 사람들은 모 씨가 2년 넘게 드나든 그 집 노인이 일부러 불러 모은 거였다.

“내 그동안 장사함시로 그런 날은 처음이었소. 그 어르신 덕에 이고 간 해산물이 반 시간도 못 되어 동이 안 났소.”

쌀 장사를 시작으로 다섯 해 남짓 장사를 해 보니 세상은 그처럼 각박하지만은 않았다. 문제는 얼마만큼 진심으로 그리고 먼저 손을 내미느냐는 거였다. 모 씨는 그걸 상무대 관사에서 지내는 장교 부인들을 통해 직접 경험할 수 있었다.

“돈 걱정 없는 장교 부인들을 상대해 본께 물건만 좋아갖고는 절대 어렵겠습디다. 질 좋은 상품에다 장사꾼의 진심을 얹어 준께 돈은 자동으로 굴러 오더란 말이요.”

바지런한 발품에 나날이 쌓여 가는 신뢰, 그걸 바탕으로 형편이 좀 펴자 모 씨는 우체국에 들러 예금통장을 만들었다. 더 늦기 전에 꼭 사 둘 게 있었다.

논을 산 며느리

1980년 겨울, 모 씨는 남편 채 씨에게 논을 좀 알아보라고 일렀다. 그러나 채 씨의 반응은 영 뜨뜻미지근했다. 채 씨는 당시 상황을 이렇게 들려주었다.

"난데없이 열 마지기나 되는 논을 알아보라 하니 시큰둥할 수밖에. 저 여자가 저녁에 뭘 잘못 먹었나? 이 생각만 들더라니까."

하지만 모 씨의 생각은 달랐다. 그로부터 2주 후 열두 마지기의 논을 구입한 모 씨는 흘러내리는 눈물을 감추지 못했다. 오늘 같은 날 시부모님이 살아 계시다면 얼마나 좋을까! 생전에 풀어 드리고 싶었던 소원을 이제야 이루고 보니 솟구치는 감정을 억제할 수 없었다. 농사꾼에게 제 전답이 없는 것처럼 서럽고 피맺히는 일이 세상에 또 있을까. 그런데 마을에 이상한 소문이 나돌았다. 대체 저 집은 어디서 저렇게 많은 돈이 생겨 논을 샀느냐는 거였다. 사돈이 논을 사도 배가 아프다더니 결코 빈말은 아닌 모양이었다.

"이웃들이 그럽디다. 남편이 월남에서 황금 덩어리라도 훔쳐 왔느냐고."

평생소원이었던 논도 장만했겠다, 대학 공부 마친 두 아들 직장 잡아서 나갔겠다, 이제 이룰 것 다 이룬 채 씨 내외의 얼굴에 화색이 돌았다. 하지만 세상은 결코 호락호락하지 않았다. 한 손에는 평화가, 다른 한 손에는 시퍼런 칼날이 번득였다.

"병치레 한 번 않던 사람이 밭을 매다 바람 빠진 풍선마냥 땅바닥에 푹 거꾸러졌으니 그때 내 심정이 어쨌겠소. 병원으로 달려가 검진을 받았을 때는 앞이 다 캄캄합디다. 의사 양반 말이 아내를 이대로 두면 죽는다며 날더러 집에 가 이불하고 숟가락을 가져오라 하는디 당최 걸음이 떨어져야 말이제라."

그런가 하면 모 씨는 의사에게 입원을 하루만 늦춰 달라며 고집을 피웠다.

"다른 일도 아니고 집에 메주를 쑤려고 콩을 물에 담가 놓고 왔으니 어쩌겠소."

손에 묻힌 일은 어떻게든 매듭을 지어야 직성이 풀리는 모 씨는 혀를 차 대는 의사의 반응에도 아랑곳하지 않고 집으로 달려갔다. 상황이 급한 건 잘 알겠지만 이렇게 입원을 하고 만다면 자신이 더 힘들 것 같았다.

다음 날 남편 채 씨는 서울에서 내려온 큰아들과 함께 담당의를 찾아갔다. 그런데 큰아들의 입에서 "어머니께서 운명을 달리하셔도 좋으니 절대 수술 도중에 중단해서는 안 된다."는 뜻밖의 소리가 나왔다. 위암 3기 수술은 그처럼 무엇 하나 확신할 수 없는, 위 전체를 절제해야 하는 상황이었다.

"하루가 그렇게도 길께라. 아침 8시에 수술실로 들어간 사람이 초저녁이 다 되도록 안 나오니께 몸이 오그라듭디다. 월남 전쟁 때보다 훨씬 더 무섭고라."

수술이 끝난 건 밤 11시경이었다. 하지만 수술실과 회복실은 종이 한 장 차이였다. 수술실로 들어간 지 열다섯 시간 만에 회복실로 옮겨졌지만 모 씨는 좀처럼 회복의 기미를 보이지 않았다. 가족들을 더욱 불안케 한 건 미처 회복을 못하고 눈을 감는 다른 환자들이었다. 그 광경을 바로 코앞에서 지켜보는 가족들로서는 피가 마를 지경이었다.

모 씨가 기적처럼 눈을 뜬 건 그로부터 9일째가 되는 날이었다. 의식을 되찾은 모 씨는 십자성호부터 그었다.

"아흐레 만에 깨어났다는 소리를 듣고 난께 이 생각이 번뜩 듭디다. 이번에 나를 살린 건 의사가 아니라 천주님이었다는."

회복과 함께 곧 항암 치료가 시작되었다. 한 달 중에서 모 씨가 숨을 쉬는 건 고작 열흘. 아내를 대신해 채 씨가 거들고 나섰다.

"수술한 뒤부터 저 사람 입으로 들어가는 게 아무것도 없소. 하루 세 끼 먹는 양이라고 해야 대여섯 숟갈이 전부란 말이요. 밥을 먹을 때는 또 어쩌고라. 무슨 큰 죄나 지은 사람처럼 밥그릇을 손에 든 채 쭈그리고 앉아야 하는디, 언제 한번은 엉덩이를 바닥에 붙이고 앉아 먹다가 저승길 보내는 줄 알았소."

채 씨의 말을 듣고 보니 조금 전 모 씨의 모습이 떠올랐다. 식사를 다 마치도록 그는 밥상으로부터 멀찍이 떨어진 상태에서 두 다리를 오므려 세운 채 식사를 했다.

다시 적금을 부었다

병실에서 보낸 1년은 모 씨의 삶에 많은 변화를 가져왔다. 이번에는 천주님이 기회를 줘 무사할 수 있었지만 다음에 또 이런 일이 발생한다면 그때는 가망 없을 것 같았다. 그런가 하면 모 씨는 지난 시간을 돌아보는 가운데 새로운 사실을 하나 깨닫게 되었는데 다름 아닌 죄였다.

"나는 그렇게 생각했어라. 내 생전에 지은 죄가 많아서 벌을 받았다고. 꼭꼭 숨어서 잘 안 보일 뿐이지 우리 몸에 우리 맘에 얼마나 죄가 많소."

병원에서 돌아온 모 씨는 며칠 뒤 우체국을 찾았다. 새로 만든 정기 적금 통장을 보니 논을 사려고 들었던 적금이 떠올랐다. 20년 전 그때의 마음으로 모 씨는 매달 3만 원씩 적금을 부었다.

"몸이 예전과 다르게 힘든 건 사실이지만 그래도 할 건 해야겠습디다. 그리고 다 죽은 나를 다시 살려 준 건 이참에 그 빚을 갚으라는 하늘의 지시가 아니었을께라?"

무슨 일이든 시종일관하는 성미답게 모 씨는 1,000만 원짜리 적금이 만료되자 그 돈을 우체국장에게 맡겼다. 괜히 집으로 가져갔다간 작심삼일이 될 수도 있었다.

"돈이 안 그럽디여. 주머니 속으로 들어간 날에는 꺼내기가 여간 어렵단 말이요."

한사코 마다하는 우체국장을 설득해 집안 사정이 어려운 학생들을 찾아 대신 전해 주라는 말을 남기고 집으로 돌아가는 길이었다. 돈 많은 부잣집 자식이야 납부금 통지서가 날아와도 별 걱정이 없겠지만 모 씨에게 그 통지서는 사약처럼 느껴졌다. 돈을 좀 빌려 볼 거라고 부잣집을 찾아갔다가 쫓겨난 경험을 갖고 있는 그로서는 더욱 그랬다.

"그날도 그냥 간 것이 아니어라. 이틀 전에 그 집에서 돈을 얻었다는 사람이 내 등을 떠밀더란 말이요. 그란디 나한테 해 대는 첫마디를 듣고 나니께 정나미가 뚝 떨어집디다. 이틀 전 그 집은 논도 있고 밭도 있어서 빌려 줬지만 나한테는 그게 없어 안 된다고 하는디……. 그 집 대문을 나서는디 눈물이 철철 흐릅디다.”

그날 당한 수모를 어찌 말로 다 할 수 있을까. 당사자인 모 씨에게는 그날 일이 두고두고 상처가 되었다.

이 생각 저 생각으로 길을 걷다 보니 어느덧 집이 코앞이었다. 조금 전 일에 대해 남편에게 이실직고해야 할지 말아야 할지를 두고 고민하던 모 씨는 털어놓는 쪽으로 마음을 정했다. 그동안 가슴속에 딱 세 가지를 품고 살았는데 서방 두고 서방질하지 않기, 도적질하지 않기, 그리고 거짓말하지 않기였다.

“그래도 이 셋은 지키고 살아야 사람의 탈을 썼다고 하지 않을께라. 나는 그리 생각하고 살았소만…….”

집에 도착해 방으로 들어간 모 씨는 남편에게 우체국에서 있었던 일을 사실대로 털어놓았다. 순간 모 씨는 비명을 지르고 말았다. 호통을 칠 줄 알았던 남편이 덥석 자신을 등에 업더니 큰방에서 작은방으로, 작은방에서 거실로 더덩실 춤을 추며 뛰어다니는 것이 아닌가.

“죽으나 사나 나는 저 사람 지지자요. 아마 저 사람 입에서 겨울에도 벚꽃이 핀다고 하면 난 그걸 믿을 것이오.”

아니나 다를까 남편 채 씨의 표정이 갑자기 상기되었다.

“남들은 제 마누라 치켜세우는 걸 형편없는 팔불출로 알지만 내 생각은 좀 다르구먼이라. 하늘이 나한테 준 복이 하나 있다면 바로 저 사람을 만나도록 해 준 것인디, 사실은 전에도 한 번 장학금을 낸 적 있었소. 아까도 말했듯이 우리가 전답이 없는 고로 문답(門畓)을 꽤 오래

벌었잖소. 그게 마음에 걸렸던지 저 사람이 문중 어르신을 찾아가 돈 때문에 공부를 중단하는 학생들이 생겨서는 안 된다며 700만 원을 내놓았다고 합디다."

이런 남편의 성찬이 부담스러운 걸까. 민망한 표정으로 모 씨가 거실 한쪽에 마련된 성모상을 바라보았다. 성모상 너머로 벽에 벽걸이용 텔레비전과 함께 꽤 많은 사진이 걸려 있었는데 마치 에덴의 새벽을 보는 것 같았다.

자리에서 일어난 건 오후 3시경이었다. 대문 밖을 나서는데 뒤따라 나온 모 씨가 저기 보이는 저것이 30년 전에 산 것이라며 동구 밖 논을 가리켰다. 그러자 옆에 있던 채 씨가 불쑥 해도 되고 안 해도 되는 이야기를 꺼내 들었다.

"곰곰이 생각해 본께 이걸 빠트렸구먼이라. 그러니께 집사람이 쌍둥이를 배서 장인어른 제사를 나 혼자 지내러 간 적 있었소. 돌아오는 날 장모님이 저 사람한테 주라며 사탕을 한 바가지 싸 줬는디 입덧이 심할 때는 그저 단것이 최고라고 합디다. 그란디 말이어라, 요 입이 요물은 요물입디다. 사탕 한 개를 먹고 나면 또 먹고 싶고, 누차 다짐을 해 놓고도 요 입에서 단내가 사라질라치면 한 개가 또 입으로 쏙 들어가고…… 처가에서 우리 집까지 거리만 가차웠어도(가까웠어도) 절대 그런 일은 없었을 것이요."

지혜가 부족한 아담이 막판 식탐에서 그만 덜미를 잡히고 만 것처럼 이야기를 다 듣고 보니 채 씨가 바로 그 형상을 하고 있었다. 이 일은 집사람도 모르고 애들도 모른다는 말이 떨어지기 바쁘게 모 씨의 걸음이 뚝 멈춰 선 것이다.

"나는 그것도 모르고⋯⋯. 어찌케 하늘이 빤히 내려다보고 있는 대낮에 그런 짓을 한다요? 그보다도 우리 엄마 돌아가실 때 눈이나 제대로 감으셨는지 모르겄네."

삽시에 기분이 엉망이 된 모 씨가 두어 걸음 뒤처져 서 있는 채 씨를 뚫어져라 쳐다보았다. 하지만 남편 채 씨는 의뭉스럽기 한량없었다. 보일 듯 말 듯 애간장 타는 미소와 함께 하늘만 쳐다볼 뿐이었다. 밉살맞게도 가을로 접어드는 하늘은 푸르다 못해 눈부실 지경이었다.

사뭇 뒷일이 걱정되는 칠순의 부부를 뒤로 하고 정류장으로 향할 때였다. 마을 입구 왼편에 여섯 자(尺) 남짓한 비가 눈에 들어왔다. 보여리에도 독립 운동을 한 지사가 있었나 싶어 그곳으로 걸음을 옮기는데 효부문(孝婦門)을 머리로 그 아래 아홉 글자가 새겨져 있었다.

孝婦咸平牟氏行蹟碑(효부 함평 모씨 행적비)

그냥 지나칠 걸 그랬나, 모 씨의 행적비를 발견한 순간 솔직히 마음이 편치 못했다. 하나 그것도 속 좁은 생각일 뿐이었다. 버스를 타러 나온 마을 주민에게 행적비에 대한 내막을 묻자 그는 오히려 모복덕 씨를 시샘하듯 치켜세웠다.

"나도 머잖아 저 세상으로 갈 때가 돼서 그런지 저 효부문을 보면 느끼는 게 많어라. 어미가 돼 가지고 어미 노릇 제대로 못했다면 어느 자식이 저런 비를 세워 주겄소. 지금도 그날이 눈에 선하요만 우리 동네가 생긴 이래 저 비를 세운 날처럼 기뻤던 때가 또 있었을께라. 잘난 사람들이야 요 입 하나로 북 치고 장고 치고 다해 불지만 그 집은 달러라. 남한테 싫은 소리 안 듣지, 이웃과 나눌 줄 알지, 지금꺼정 목청 한 번 높이는 것을 못 봤소. 요즘처럼 공부만 지대로 했다면 장관을 해도 서너 번은 했을 것이요."

그 자식이 지닌 바탕의 절반은 부모에게서 비롯된다 했던가. 팔순의 노파는 버스가 함평읍에 닿도록 모복덕 씨의 칭찬을 아끼지 않았다.

"나도 같은 여자지만 본받을 게 많은 사람이어라."

가 족 잃 은 슬 픔 을 사 랑 으 로 감 싼 김 옥 환 씨

"가을 하늘을
닮은 멍 꽃"

점심 무렵에 찾아간 강릉시 노암동 경로당 입구는 빈 그릇들로 넘쳐났다. 아마도 중화요리 집에서 다녀간 모양이었다. 웅성대는 소리에 문을 열고 들어서자 실내는 대여섯씩 패를 지어 고스톱이 한창이었다.

치매 예방의 하나로 화투에 열중인 경로당 벽에는 이런 액자도 걸려 있었다. 며느리와 잘 지내는 방법 열 가지. 그중 첫 번째와 세 번째, 아홉 번째 항이 눈에 띄었다. 뭐든지 며느리와 터놓고 이야기한다. 며느리와 같이 아들 흉을 본다. 저녁 식사 후에는 되도록 (아들 내외를) 부르지 않는다.

열 줄의 문장을 다 읽어 내린 나는 소파에 앉아 신문을 보는 할아버지에게 다가갔다. 김옥환 할머니를 뵈러 왔다는 말에 할아버지는 안경을 추켜올리며 만수장 건너편 지하로 가 보라고 했다.

"여기서 그닥 멀지 않아. 큰길로 나가 좌측으로 50여 미터 가다 보면 만수장이라는 중국집이 나올 거야. 그 건너편이야."

할아버지가 일러 준 3층 건물 지하는 매우 북적거렸다. 귀청이 떨어져 나갈 것 같은 트로트를 틀어 놓고 약장수는 한순간도 마이크에서 입을 떼지 않았다. 그때 양복을 말끔하게 차려입은 다른 약장수가 다가오더니 이맛살을 찌푸렸다.

"여긴 무슨 일로 오셨소?"

"김옥환 할머니를 뵈러 왔습니다."

보아하니 약장수는 잔뜩 긴장한 얼굴이었다. 그리고 그는 김옥환 할머니와 함께 건물을 빠져나오는 내내 경계를 늦추지 않았다.

그보다 더 슬픈 건

김옥환 할머니의 이야기가 시작된 건 경로당 할머니들 방으로 자리를 옮긴 뒤였다. 때 이른 색동저고리에 알록달록한 몸뻬 바지를 입은 할머니의 첫마디는 '내 인생'이었다.

"내 인생이 좀 복잡해. 내 배로 직접 낳은 자식이 여섯에 배다른 자식이 셋이야. 어렸을 적엔 부모님과 오빠 셋을 한꺼번에 잃었고."

강원도 평창에서 태어난 할머니에게 육이오는 60여 년이 지난 지금도 억울함과 한순간으로 뇌리에 박혀 있다. 같은 동족끼리 총구를 겨눈 씻을 수 없는 비극은 그처럼 단란했던 한 가정을 순식간에 쓸어가 버린 것이다.

"너무 억울해서 지금도 따지고 싶은 게 한두 가지가 아냐. 우리 아버지와 엄마가 국군들한테 무참히 죽었단 말이야. 그것도 마을 주민 100여 명이 한날한시에."

당시 할머니의 나이는 스물두 살로 그날 할머니는 집에 없었다. 광복을 1년여 앞두고 마을에 "기름 짠다."는 말이 나돌았는데 보국대에 끌려가지 않으려면 어서 몸부터 피해야 했다. 일제의 만행이 극에 달했던 터라 할머니도 반봇짐을 싸듯 건넛마을 청년과 결혼을 서둘렀다.

시댁 마을에 장티푸스가 번진 건 보도 연맹이니, 농지개혁법이니, 초대 대통령 취임이니 뭐니 해서 정국이 몹시 어수선한 때였다. 졸지에 어린 남매를 장티푸스로 잃은 할머니의 충격은 이루 말할 수 없었다.

"육이오가 터지기 한 해 전이었으니 무슨 수로 애들을 살리나. 하루 한 끼도 힘든 기근에 돌림병까지 죽어 나가는 사람들이 한둘이어야 말이지."

이제 막 아장아장 걸음마를 떼는 남매를 보름 간격으로 잃은 할머니는 하늘이 원망스러웠다. 남매 중에서 하나만 데려갔어도 그 슬픔이 덜할 것 같았다. 그러나 자식을 잃은 슬픔도 잠시, 밭에서 일하다 말고 달려간 고향 집은 피비린내가 진동했다. 부모님을 비롯해 세 오빠가 한날한시에 총살을 당한 것이다.

"지방에서 설쳐 대는 빨갱이들이 국군한테 고자질해 그런 일이 벌어졌다고 하는데 난 믿지 않아. 당시 강원도 사람들의 입장이 여간 난처한 게 아니었단 말이지. 낮에는 국군 편에 섰다가도 해가 저물면 인민군 편에 설 수밖에 없었는데 맹세컨대 그게 진심에서 우러나 한 게 절대 아니었다니까. 살아남으려면 그것 말고 방법이 있었남."

스물두 살에 목격한 고향 마을의 참극에 할머니는 치를 떨었다. 할머니가 도착했을 때는 이미 누구의 시신인지조차 분간할 수 없을 정도로 새카맣게 타 버린 뒤였다.

"사람들이 독해도 그리 독할까. 살아남은 사람이 있어야 시신을 수습할 것 아냐. 부모님에 오빠 셋, 그것도 모자라 작은아버지와 조카들까지 한마디로 개죽음 당한 거지, 뭐."

무덤은커녕 부모님의 장례조차 치르지 못하고 시댁으로 돌아온 할머니는 또 한 번 까무러치고 말았다. 이번에는 청년 당원으로 활동 중인 남편이 속을 썩였다. 남매를 잃은 뒤로 남편은 이미 부부의 연을 접은 사람처럼 제정신이 아니었는데 그 행보가 성난 짐승을 보는 듯했다.

"저 사람이 정말 내 남편이 맞나 할 정도로 반은 미쳐 있었다니까."

그런 남편을 지켜보는 것도 하루 이틀, 기다리다 지친 할머니는 아주버니 댁으로 거처를 옮겼다. 그러나 집을 뛰쳐나간 지 한 해가 다 지나도록 남편은 죽었는지 살았는지 얼굴 한 번 내밀지 않았다. 뒤늦게 안 사실이지만 남편은 벌써 다른 여자와 눈이 맞아 애까지 둔 상태였다.

"결혼하고 여섯 해만에 그 사단이 나는 바람에 갈라서자는 말도 못했다. 그놈의 인사가 얼굴을 내비쳐야 가타부타 무슨 말을 할 것 아냐!"

슬프다는 생각은 들지 않았다. 그보다 먼저 부모님과 형제들이 곁에 없다는 사실이 더 외롭고 가슴 아팠다. 어느 날 갑자기 전쟁고아가 된데다 믿었던 남편마저 떠나 버리자 할머니는 명절 때면 착잡한 심정이었다.

"남들처럼 무덤이 있길 하나 제사를 지낼 수 있나. 지금까지 살며 제일 부러웠던 게 뭔 줄 아나? 여기저기 흩어져 지내던 형제들이 장손집에 모여 명절을 맞고 제사를 지낼 때여. 친정에 제사 지내러 가는 여자를 보면 왜 그렇게 부럽던지. 그런 여자를 보면 내심 심통이 나기도했었지. 나 같은 건 애초부터 그딴 복을 누릴 만한 팔자를 못 갖고 태어났나, 이 생각부터 들더란 말이여."

글을 깨쳤다는 이유로

당신의 발로 걸어서 나온 길인데도 까닭 모를 외로움이 뼛속 깊이사무쳤다. 아마도 그건 너무 많은 걸 한꺼번에 잃은 탓인지도 몰랐다.

첫 남편과 헤어져 두 해쯤 지났나. 한 남자가 다가왔다. 전쟁 중에 아내를 잃은 그는 전처와의 사이에 3남매를 뒀는데, 할머니는 그를 아무런 조건 없이 묵묵히 받아들였다. 피붙이 하나 없는 전쟁고아에 첫 결혼 실패는 그렇듯 할머니를 낭떠러지로 내몰았다. 혹 그것이 해 돋으면피었다가 사라지는 그림자일지라도 할머니는 그걸 꼭 붙들고 싶었다.

"그거 알아? 여자로 태어나 제 몸 하나 간수 잘하는 것도 다 있는 집들 이야기라는 거. 당장 저잣거리에 나앉게 생겼는데 이것저것 따질 겨를이 어딨남. 여자 혼자 몸으로는 어림도 없다."

무슨 일인지 두 번째 결혼도 썩 순탄치만은 않았다. 돌이켜보면 이 모든 게 뿌리 깊은 가난 탓이었다. 품팔이가 끝나는 상강(霜降) 무렵이면 한 푼이라도 더 벌기 위해 손수 맷돌에 콩을 갈아 만든 두부를 머리에 이고 거리로 나섰지만 그 수고의 대가로 돌려받은 건 열 손가락 동상뿐이었다. 더욱 화가 치미는 건 만난 지 겨우 두 달 만에 본색을 드러내는 남편의 태도였다.

"놀기 좋아하는 남자일수록 통도 클 것 같지만 막상 겪어 보니 그것도 아냐. 난 그저 전쟁통에 생모를 잃은 자식들이 불쌍타 싶어 글을 좀 가르쳐 줬을 뿐인데도 오히려 남편은 생트집만 잡더라니까."

하늘 같은 남편 앞이라서 입을 다문 채 살았지만 그럼에도 불구하고 할머니의 입장에서는 이해되지 않는 부분이 있었다. 남들은 자식들에게 글 한 자라도 더 가르치고 싶어 안달이건만 남편은 반대로 훼방꾼을 자처한 것이다. 남편의 생트집은 그뿐만이 아니었다. 입에 술만 댔다 하면 그는 끈끈이처럼 달라붙어 할머니를 괴롭혔다. 물론 그 후유증은 머잖아 꽃으로 나타났다. 할머니의 몸에서는 닷새마다 한 번꼴로 시퍼런 멍 꽃이 피어났는데 한번은 자식들이 보는 앞에서 구타를 당한 적도 있었다.

"어떻게 8년을 참고 살았는지 몰라. 생모를 잃은 아이들만 아니었다면 내 진즉에 맘 돌려먹었을 거라."

외출인가 싶어 정신을 차리고 보니 가출이었다. 발길도 무거웠다. 그

리고 첫 단추를 잘못 꿰어 두 번째 결혼마저 실패로 돌아가자 그 상실감은 더욱 클 수밖에 없었다. 터미널을 향해 가던 중 할머니는 그동안 잊고 지낸 자신의 나이를 꺼내 보았다. 서른넷. 여자 나이 치고 적다는 생각은 들지 않았다. 여자 나이 스물이 한창 물 오른 봄이라면 서른에서는 왠지 모를 저잣거리 냄새가 났다. 내 자식 둘을 낳아 잃고, 남의 자식 셋을 8년간 키워 보니 그랬다. 그사이 봄날은 저만큼 떠나고 없었다. 할머니는 바로 그 점이 못내 아쉽고 안타까웠다.

두 차례나 바닥 경험을 한 탓인지 이제는 좀 눈을 뜬 것 같기도 했다. 강릉으로 거처를 옮겨 식당에 취업한 할머니는 사내들의 눈빛만 봐도 지금 그들이 무얼 원하는지 대충은 알 것 같았다. 그렇지만 천성 탓인지 할머니의 선택은 이번에도 종잡을 수 없는 방향으로 흘러가고 말았다.

"요즘처럼 이혼도 뭣도 아니고, 내 딴에는 열심히 한다고 하는데도 며칠 지나서 보면 쭉정이뿐인 거라. 사내 복이 없어도 그리 없었을까. 두 번째 만난 남자만 해도 그렇잖아. 자식 딸린 홀아비에 3남매를 중학교까지 마쳐 줬으면 내 몫은 다한 거 아냐?"

할머니의 말마따나 세상 남자들은 알다가도 모를 종자였다. 당신만 중심을 잃지 않는다면 천년이든 만년이든 당신의 튼실한 뿌리가 되어 준다는데도 잠에서 깨 보면 일장춘몽처럼 종적을 감춘 뒤였다. 더구나 세 번째 남자한테는 그동안 모은 돈까지 몽땅 털어 바친 터라 그 배신감은 하늘을 찌르고도 남았다.

"제아무리 살을 섞은 사이라도 남정네가 뒷주머니 차듯 가정을 따로 됐다는 사실을 알아봐. 아마 내 생전에 지옥에 떨어지라고 빈 건 그 남자가 처음이었을 거야."

믿음이 사라진 사랑, 그래서 눈물조차 말라 버린 사랑. 더는 목이 메어 그 이야기를 들을 수가 없었다. 할머니도 지쳤는지 한 마리 새처럼 소파에서 내려와 방바닥에 다소곳이 앉았다.

할머니가 부른 해방가

마임을 하듯 할머니가 자신의 속바지 주머니에서 무언가를 꺼냈다. 하나는 두루마리 휴지로 싼 것이고 다른 하나는 비닐에 둘둘 말려 있었다.

"이건 인삼으로 만든 약인데 아까 거기(지하실)서 15만 원 주고 산 거야. 다 속여도 나이만은 못 속인다더니 요즘 내가 그런 것 같아. 갈수록 걷는 일이 쉽지 않아. 그리고 이건……."

두루마리 휴지에 이어 둘둘 만 비닐을 다 폈을 때다. 할머니는 침 발라 만 원 권 지폐를 세기 시작했다. 모두 아홉 장. 할머니는 그중 두 장을 나에게 내밀었다.

"어서 넣어 둬. 대구에서 강릉이 어디 쉬운 길이야. 그리고 하잘것없는 내 이야기를 듣겠다고 찾아와 준 게 얼마나 고마운지 몰라."

서로 밀어내기를 벌써 몇 차례, 너무 간곡한 나머지 마지못해 지폐

두 장을 받아 들자 할머니는 노래나 한 곡 들어 보라며 목청을 가다듬었다. 잠시 쉬어가는 길치고는 뜻밖이다 싶었다.

아니 아니 노지는 못하리라

징용 보국단에 끌려갈 적엔 다 죽은 줄 알았더니

일천구백사십오년 팔월이라 십오일 해방을 맞아

연락선에 몸을 싣고 부산 항구에 당도하니

문전문전에 태극기 방방곡곡 만세 소리

서울 운동장 넓은 마당에 삼천만이 다 모였는데

우리 집 서방님은 왜 아니 오나

원자폭탄을 맞았나 왜 이다지 소식이 없나

해방됐다고 좋다더니 지긋지긋한 육이오가 웬 말인가

어린 아기 등에 업고 다 큰 아기 손목 잡고

나 많은 부모님 앞세워 한강철교를 건너니

한숨 한 번에 고향이 한숨 두 번에 생이별이

부산으로 갈꺼나 목포로 갈꺼나 갈팡질팡 헤매는데

공중에서는 슈슈 폭탄을 쏟아 붓고

봄날 만물이 피어나 자라는 '만화방창'이나 꽃이 만발한 한창 때를 일컫는 '화란춘성'도 아닌, 할머니가 부르는 〈해방가〉는 경쾌하면서도 구슬펐다. 어쩌면 그것은 단아한 체구에서 뿜어져 나오는 간결한 목소리 때문인지도 몰랐다. 풀잎이 이슬을 머금은 듯 〈해방가〉는 아리랑 고

개에서 잠시 숨을 고른 뒤 악마 고개(삼팔선 고개)를 지나 평화, 통일에
이르러서야 비로소 그 막을 내렸다.

"그런데 할머니, 〈해방가〉를 어디서 배우신 거예요?"

"장에서 만난 약장수한테 듣고 반했지, 뭐. 이 노래 배울라고 돈도
솔찮게 들어갔고."

〈해방가〉를 배우느라 들어간 술값만도 10여 만 원, 하지만 할머니는
이 노래 덕에 더 많은 걸 얻을 수 있었다. 시 행사나 동 행사 때 받은
커피포트와 밥솥은 차치하고 〈해방가〉를 부르고 있으면 그 순간만큼
은 세상 온갖 시름을 잊을 수 있어 좋았다.

"쉰 살 되던 해에 이 노래를 만났으니 햇수로 30년이 다 되는구
먼. 들어 봐서 알겠지만 이 노래에 내 인생이 담겨 있을 줄 누가 알
았겠나!"

배다른 자식 내 자식

일제가 침탈한 식민지에 이어 육이오, 그리고 평화와 통일을 기원하
는 한 세기의 노래가 10여 분만에 그 막을 내렸을 때다. 1,000만 원을
기부하게 된 사연을 묻자 할머니의 목소리가 착 가라앉았다.

"돈을 낸 건 그러께지만 그게 신문에 나면서 좀 소란스러웠다. 제일
먼저 딸이 전화를 해서는 서운한 마음을 내비쳤거든. 왜 그런 일을 엄

마 혼자 결정하느냐는 거였지."

그렇지만 할머니는 일절 대꾸하지 않았다. 딸의 말대로 자식들에게 알렸다면 과연 순순히 응해 줬을까? 할머니는 이내 고개를 내저었다.

"요즘 누가 사람 보고 달려오나 돈 보고 달려오지. 그리고 그 돈이 반듯하게 쓰이면 또 모를까 내 지금까지 그런 경우를 별로 본 적이 없단 말이지. 물고 뜯고 그것도 모자라 서로 등 돌리고……."

할머니가 네 번째 남편을 만난 건 40년 전이었다. 회갑을 넘긴 남편은 장성한 형제에 딸을 둔 홀아비로, 뭐니 해도 결혼은 자식을 낳고 볼 일이었다. 재혼 다섯 해만에 2남 1녀가 태어나자 남편의 태도가 눈에 띄게 달라진 것이다.

"재산을 좀 가진 양반이어서 그랬던지, 처음 만났을 때만 해도 나를 무척 경계하는 눈치더라니. 왜 안 그렇겠어. 재혼이라는 게 서먹한 구석이 한둘이어야 말이지. 또 그 양반한테는 장성한 전처 자식들이 있었잖아."

그건 사실이었다. 배다른 자식과 당신이 직접 낳은 자식은 물과 기름처럼 쉬이 섞이지 못했다. 그나마 다행스러운 건 당신이 낳은 자식들이 아직 어리다는 점이다. 비록 배다른 오빠와 형들에게 사랑을 독차지한 건 아니지만 방그레 웃는 아기에게 입맞춤을 해 주거나 울음을 달래기 위해 다독이는 광경을 지켜볼 때면 할머니는 가슴이 뿌듯했다. 이렇듯 세상은 오는 게 있으면 가는 게 있기 마련, 할머니는 배다른 자식들 막바지 교육을 위해 혼신을 다했다. 그깟 돈이야 서른에도 벌고 마흔에도 벌 수 있지만 공부만큼은 달랐다. 젊을 때 한 자라도 더

배워 두라는 말이 괜히 나왔을까.

"지금이야 흔해 빠진 게 대학 졸업장이어서 별쭝스러울 것도 없지만 새마을 운동이 한창일 때는 그게 아니었어. 상고만 졸업해도 은행원이 될 수 있었고 고등학교 졸업장 하나로 선생이 된 사람도 있었지."

가르치는 일에 발 벗고 나선 보답이었을까. 마침내 남편으로부터 인정을 받은 할머니는 흘러내리는 눈물을 멈출 수 없었다. 그리고 사랑이란 신뢰와 믿음을 동반하지 않고는 그 어떤 꽃도 피워 낼 수 없다는 사실을 새삼 깨닫게 되었다. 더욱 감사한 건 먹고사는 문제로 굳이 다툴 필요가 없었다는 점이다. 둘만의 사이도 불안한 처지에서 생활마저 궁핍하다 보면 재혼은 그야말로 흠투성이 과일이 되고 마는데 몇 차례 그와 같은 일을 직접 겪어 본 할머니로서는 이제야 안도의 한숨을 내쉴 수 있었다.

다사다난했던 가정에 불길한 그림자가 드리운 건 남편의 사망 직후였다. 평온했던 할머니의 일상은 곧 고소와 재판으로 얼룩지고 말았다.

"돈이 그렇더라니. 내 앞으로 재산이 좀 떨어졌다 싶으니까 다들 눈에 불을 켜고 달려드는 거라."

얽히고설킨 상속 문제로 인해 안팎은 더욱 시끄러울 수밖에 없었다. 한 날 꾸역꾸역 밥술을 넘기는데 별안간 이 생각이 들었다. 배다른 자식들 마저 공부시키느라 정작 내 배로 낳은 자식들한테는 좋은 엄마가 되지 못했다는. 순간 할머니는 목이 메어 밥을 넘길 수 없었다.

"대학교 졸업장과 중학교 졸업장이 어디 같남. 들어가는 문도 다르고 나오는 문도 다르단 말이지. 다행히 공장에 다니는 큰아들은 지난해 봄 베트남 여자를 만나 살림을 차렸지만 둘째가 큰 걱정이야. 중학교 졸업에 직장마저 션찮은 남자를 어느 여자가 좋아하겠느냔 말이다."

속이 상한지 할머니는 끌끌 혀를 차면서도 먼저 떠난 남편을 그리워했다. 할머니와의 사이에서 태어난 자식들을 당신 호적에 올려 주었는가 하면, 상속에서도 할머니를 첫 번째 자리에 올려놓을 만큼 네 번째 남편은 그 배려가 남달랐다.

옥환이가 뭐락 한 줄 아나?

무려 1년을 끌어온 법정 싸움 끝에 재판부는 마침내 할머니의 손을 들어주었다. 우선 할머니는 논 다섯 마지기를 팔아 둘째 아들과 지낼 전셋집부터 구한 뒤 시청을 찾아갔다. 많은 돈은 아니지만 이 돈을 꼭 전해 주고 싶은 사람들이 있었다.

"이 나이 되도록 살아 보니까 배고팠던 기억이 제일 서럽게 남아 있는 거라. 남들 세 끼 먹을 때 한 끼밖에 못 먹은 죄로 키도 크다 말았지, 그게 또 예순을 넘어서니까 골병으로 나타나지……."

그러니까 1,000만 원을 들고 시청을 찾아간 것도 혹시 있을지 모를 그들에게 쌀을 팔아 주기 위해서였다.

배고픈 기억에 이어 또 하나 잊히지 않는 건 어머니였다. 당신의 어머니보다 훨씬 더 긴 세월을 살았음에도 할머니는 지금도 꿈에 어머니가 보인다고 했다. 그런가 하면 할머니는 어머니가 직접 짜 주었다는 옷에 이르러 그만 눈시울을 붉히고 말았다.

"내가 이만큼 산 것도 다 우리 엄마 덕이라. 엄마가 손수 짠 삼베옷을 입고 나가면 친구들이 얼마나 부러워했는데."

과연 팔순을 넘긴 할머니들은 당신의 어머니를 어떤 모습으로 기억하고 계실까? 세상에 단 하나뿐인 어머니의 무덤조차 없다며 울먹이는 김옥환 할머니를 지켜보려니 오늘따라 그 의문의 꼬리가 더욱 길게 느껴졌다.

언젠가 때가 되면 당신이 가진 전부를 사회에 되돌려 주고 떠날 거라는 말을 끝으로 경로당을 빠져나오는 길이었다. 경로당 텃밭에서 일을 하고 있던 웬 할머니가 나를 불러 세웠다.

"옥환이 인터뷰 다 했나?"

"네, 할머니."

"그래도 이 말은 안 했을 꺼라."

"그게 무슨 말씀이세요, 할머니?"

"내 옥환이와 벗하고 지낸 지 20년이 다 되었지만 옥환이 저거 욕심이 별로 없다. 나이 많은 할마시들 보면 대접도 잘하고. 그리고 이건 내 입으로 꼭 들려주고 싶은 이야기인데 갑상선으로 죽을 고비를 넘긴 뒤 퇴원해 뭐락 한 줄 아나? 늙으면 꼭 병원에 한번 다녀와야 한다고 하더라. 병원에 입원하면 누구라도 착해진다나. 옥환이가 그런 할마시다. 눈물도 많고 정도 많고."

누군가 말하기를 한 해 한 살씩 먹는 나이에는 두 종류가 있다고 했다. 시간의 나이와 사고의 나이가 그것인데 김옥환 할머니는 후자 쪽이었다. 글을 깨쳤다는 이유만으로 닷새마다 시퍼런 멍 꽃을 달고 살았다는 할머니의 모습은 마치 가을 하늘을 보는 듯했다.

불편한 몸보다 불편한 마음을 먼저 돌본 김성공 씨

"양심의 계산"

승객이라야 노인 셋에 군인이 전부인 버스 안은 고적하기 이를 데 없었다. 정류장을 알리는 안내 방송 또한 인가보다는 부대를 알리는 곳이 더 많았다.

버스 기사가 말을 걸어온 건 첩첩산중으로 접어든 버스가 철원 72킬로미터를 알리는 이정표를 막 지나서였다.

"아드님 면회 가십니까?"

"아닙니다. 다목리에 사는 분을 만나러 가는 길입니다."

"보아하니 초행이신 것 같은데, 이곳을 처음 찾는 분들은 손님처럼 입을 꼭 다무는 편이지요. 이런 곳에 사람이 살 거라고 미처 생각을 못하는 겁니다."

왜 아닐까. 조금 전 승리 회관을 마지막으로 여남은 승객들이 자취를 감춰 버리자 버스 안은 적막이 감돌았다. 그런가 하면 버스 안은 사방이 산에 갇힌 나머지 병풍 너머의 세계를 보는 것 같았다.

내 고향 오사카

다목리 터미널에서 내려 동서울 방향으로 길을 잡았다. 10여 분 걸으니 야트막한 언덕배기 도로변에 컨테이너 한 채가 나타났다.

"화천은 처음이라고 했지?"

단아한 키에 베레모를 쓴 김성공 씨가 반겼다. 그를 따라 방으로 들어서는데 입구에 컵라면이 잔뜩 쌓여 있었다. 그 양만도 얼추 서너 상자는 돼 보였다.

"여기 쌓인 컵라면 말인데요, 혹시 선물 받으신 겁니까?"

"선물은 무슨. 봉지 라면이 더 맛있다는 건 알지만 그게 마음처럼 돼야 말이지. 끓여 먹는 것도 그렇고 설거지하는 것도 귀찮고……. 먹어야 숨을 쉬고 움직일 텐데도 갈수록 힘이 드니, 원."

이제 막 몇 마디를 주고받았을 뿐인데 김 씨의 목소리는 나뭇잎을 연상케 했다. 두 귀를 바싹 세우지 않으면 그만 숨소리에 묻혀 버릴 것 같았다.

김 씨가 태어난 곳은 일본 오사카라 했다. 낯선 곳은 아니다. 이쿠노 구면 이십대 때 몇 차례 가 본 적 있다. 이쿠노 구는 오사카 내에서도

재일 조선인이 가장 많이 사는 곳이다.

"당시 아버지께서는 두 가지를 생각한 모양이야. 일본으로 가면 가족들도 안전하고 더 많은 돈을 벌 수 있을 거라는."

오사카에서 출생한 김 씨가 초등학교에 입학한 건 1937년으로, 일본인 70여 명에 조선인 학생은 4명뿐이었다. 다행히 김 씨는 암산에 남다른 재능을 보여 개인적인 린치에서는 제외가 되었지만 그렇다고 집단 학대까지 피하지는 못했다. 조선인 학생 중에서 누군가 불미스러운 일을 저지르게 되면 일본 학생들은 마치 벌떼처럼 달려들었다.

"조선 사람을 일컫는 조센진한테서 매우 기분 나쁜 냄새가 난다는 게 그 이유였는데 이를테면 주인과 머슴의 관계라고 할까. 주인에게 잘 보이려 목욕탕까지 다녀왔는데도 그들은 끝까지 냄새가 난다며 따돌리기 일쑤였거든."

집안 분위기는 더 엉망이었다. 어머니가 돌아가시고 두 해 남짓 지났을까. 가족들과 상의 한마디 없이 진행된 아버지의 재혼은 아직 어린 김 씨의 가슴에 평생 잊지 못할 멍을 남겼다.

"밥 빨리 안 먹는다고 때리지, 운다고 때리지, 빨리 안 잔다고 때리지, 늦게 일어난다고 때리지……. 하루는 아예 방문을 걸어 잠근 채 때리더라니까. 그것도 입고 있는 내 옷을 발가벗긴 채 말이야."

김 씨는 이 모든 게 가정을 보살피지 않는 아버지 때문이라고 여겼다. 어머니와 달리 계모는 아버지로부터 전권을 부여 받은 양, 보이는 족족 쥐는 족족 마구 휘둘렀는데 사정이 그렇다 보니 김씨는 변변한 신발조차 없어 맨발로 학교를 갈 때가 더 많았다.

"한국으로 돌아올 때 보니까 나만 계모를 무서워한 게 아니었더라고. 나보다 두 살 적은 여동생은 제 친엄마인데도 불구하고 할머니를 따라가겠다며 치맛자락을 붙든 채 우는 거라."

할아버지 할머니와 함께 오사카를 떠나는 날이었다. 얼마 되지도 않은 집기들을 손에 잡히는 족족 내던지며 집 안을 순식간에 아수라장으로 만들어 버린 계모의 행동에 김 씨는 소름이 끼쳤다. 아무리 생각해 봐도 제정신이 아닌 것 같았다. 그동안 조센진이라는 이유로 일본 학생들에게 당한 차별과 비교해 봤을 때 크게 다르지 않았다.

"지금 생각해 보면 계모는 심한 우울증을 앓고 있었던 것 같아. 그게 아니라면 어떻게 자신의 친딸까지 팔아넘길 수 있단 말이고."

그러니까 아버지와 계모가 김 씨보다 3년 늦게 귀국해 마산에 정착해 지낼 때였다. 이제 갓 열다섯 살밖에 되지 않은 자신의 친딸을 계모는 무려 열일곱 살이 많은 남자에게 결혼을 조건으로 떠넘겨 버렸다. 문제는 아버지였다. 그는 김 씨의 배다른 여동생이 울며불며 엄마가 나를 돈 받고 팔았다며 매달리는데도 꼼짝하지 않았다.

"집에 있을 때나 없을 때나 나에게 아버지는 그냥 손님 같은 분이었다고 할까. 참 밉더라고. 배다른 여동생이 제풀에 지쳐 집을 떠날 때도 아버지는 뒷짐만 지고 있는 거라."

세상은 어지러웠다

육이오가 끝난 이듬해 4월이었다. 이날을 손꼽아 기다려 온 김 씨는 날짜를 조금 앞당겨 입대했다. 하루라도 빨리 집에서 벗어날 수 있다면 어디든 상관없었다.

"할머니가 세상을 뜨고 1년 뒤에 할아버지가 뒤따라가셨는데 나로서는 전체를 잃은 거나 다름없었지. 두 분이 떠나고 난 뒤에 보니까 울만한 곳이 없는 거라."

논산 훈련소에 입소해 소정의 교육을 마친 김 씨는 현재 자신이 거주하고 있는 다목리 15사단에 배치되었다. 아직 신병이라 군 생활이 힘들기는 했지만 그보다 먼저 김 씨는 보름 앞으로 다가온 휴가가 더 큰 걱정이었다. 마산에 아버지만 계시지 않다면 자신의 뇌리에서 그곳을 말끔히 지워 버리고 싶었다.

"휴가를 받아 나갈 때면 좀 막막하더라고. 갈 만한 곳이 있어야 말이지. 더구나 마지막 휴가를 나갔을 적엔 둘 중 하나를 선택해야 하는 절명의 순간도 있었지."

말년 휴가를 받아 마산에 도착한 날이었다. 실종 27일 만에 중앙 부두 앞 바다에서 변사체로 발견된 한 고등학생(김주열)으로 인해 마산은 일촉즉발의 상황이었다. 순간 김 씨는 언제 걷힐지 모를 안갯속을 걷고 있는 기분이었다. 제대를 할 것인지 아니면 말뚝(장기 복무)을 박을 것인지, 귀대 날짜가 임박해 오는데도 그는 아직 결정을 내리지 못한 채였다.

"그때 마산에서 터진 4·19만 목격하지 않았어도 제대하는 쪽으로 마음을 정했을 거야. 그런데 세상이 어찌나 어수선하던지……. 보지 말았어야 할 것을 본 것처럼 휴가를 괜히 나왔다 싶더라고."

그로부터 보름 뒤인 1960년 4월 26일, 4·19 혁명에 항복한 이승만 대통령의 하야 발표가 있었다. 일명 '말뚝 갈매기'가 된 김 씨는 사회를 잊기로 했다. 부모도 잊기로 했다. 보고픈 사람이 하나 있다면 계모의 등쌀에 못 이겨 억지 춘향이가 된 배다른 여동생이었다. 그러나 안타깝게도 여동생의 근황을 아는 사람은 아무도 없었다.

"그런 말이 있지, 콩가루 집안이라는. 그때 우리 집이 그랬던 것 같아. 말이 좋아 가족이지 아버지도 계모도 여동생의 생사조차 모르고 살더라니까."

다목리에서 철원으로 부대를 옮겨 간 뒤였다. 휴일을 맞은 김 씨는 동료와 함께 천막촌 구경을 갔다. 그 무렵 철원 일대는 때 아닌 가을 홍수로 인근 주민들이 부대 가까운 곳에 몸을 피해 있었는데 그날 김 씨의 마음을 사로잡은 여자가 있었다. 하지만 김 씨는 선뜻 그녀에게 다가가지 못했다. 아버지처럼 될까 봐 두려웠고 또 계모를 닮은 여자를 만나면 어쩌나 하는 마음에 용기가 나지 않았다. 더구나 김 씨의 마음을 사로잡은 여자는 열일곱 살로 서른을 코앞에 둔 그로서는 당연히 뒷걸음칠 수밖에 없었다. 그렇다고 희망이 전혀 없는 건 아니었다. 당시 부대 인근에 거주하는 강원도 주민들은 직업 군인만 나타나면 반색을 하며 반겼는데, 빤한 살림살이에 홍수까지 겹치고 보니 딸을 가진 부모들로서는 군입 하나 더는 게 무엇보다 시급했다.

"그게 어느 정도였는가 하면 북한군이 쳐들어오는 것보다 더 급했다니. 얼마나 급했으면 주민들 스스로가 딸을 앞세우고 부대까지 찾아왔을까."

군부대가 아니면 쌀을 구경조차 할 수 없던 시절이라 주민들로서는 달리 방법이 없었다. 이에 김 씨도 며칠을 고민 끝에 그 여자를 받아들이기로 마음먹었다. 그리고 막상 살림을 차리고 보니 사랑 앞에 나이 따위는 별개의 것처럼 느껴졌다. 중사로 진급할 무렵 두 사람 사이에서 아이가 태어났는데 그 아들이 그걸 여실히 보여 주었다. 아이가 태어나자마자 열세 살의 나이 차는 눈 깜작할 사이에 사라졌고, 그들은 부부에서 아빠 엄마로 돌변했다.

"생명이 그렇더라니. 남자와 여자 사이에 아이가 생기니까 그게 꽃이 되는 거라. 나와 내 아내는 그 꽃을 보호하기 위해 서 있는 나무 같았고."

그러나 직업 군인에게 가정생활은 떠돌이별과 같은 삶이었다. 잠에서 깨 보면 밥상보다 먼저 전출 명령이 기다리고 있었다. 하는 수 없이 김 씨는 아내와 아들을 처가로 보내야만 했다. 이번에 전출 명령이 떨어진 곳은 최전방으로, 가족과 함께 간다는 건 무리였다.

"명령에 살고 명령에 죽는 게 군인의 신분인 걸 어떡하나. 가족과 떨어져 대성산에서 복무할 때는 하루도 깊은 잠을 자 본 적이 없었는데 철조망을 사이에 두고 인민군과 대치해야 하니 긴장이 고조될 수밖에."

그런 어느 날이었다. 대성산으로 면회를 온 아버지를 보는 순간 김 씨는 입이 떨어지지 않았다.

"입대하고 처음으로 면회를 오셔서 그런지 감회가 새롭더군. 나한테는 그때의 기억이 처음이자 마지막이 되고 말았지만. 이듬해 봄에 세상을 뜨셨지."

최전방 복무를 마치고 다목리로 돌아온 김 씨는 기쁨을 감추지 못했다. 그동안 대여섯 곳의 부대를 옮겨 다녀 봤지만 오사카에서 태어난 김 씨에게 다목리는 제2의 고향이나 다름없었다. 그러나 상사 진급과 함께 다시 돌아온 다목리는 김 씨에게 뼈아픈 상처를 남겼다. 터울로 둘째와 막내딸이 태어났을 때만 해도 김 씨의 입가에 미소가 떠나지 않았으나 곧이어 찾아온 아내의 병세에 그는 당혹감을 감추지 못했다. 오래전 계모처럼 아내도 출산 이후 심한 우울증 증세를 나타냈다.

"퇴근해서 들어오면 아이들은 겁에 질려 사시나무처럼 떨고 있지, 아내는 내가 바람을 피우고 들어왔다며 죽일 듯이 달려들지……. 정말이지 나로서는 지옥이 따로 없었구먼."

대성산으로 잠시 몸을 피한 김 씨는 월남 파병 교육을 받았다. 아내와 맞서는 것도 하루 이틀, 이럴 바엔 차라리 눈에 보이지 않은 곳으로 조용히 떠나 주는 게 서로를 위해 좋을 것 같았다. 그런데 어떻게 알고 달려왔는지 아내는 부대원들이 보는 앞에서 남편 김 씨의 멱살을 그러쥔 채 막무가내로 악다구니를 퍼부었다.

이제 정말 올 데까지 온 것일까? 여러 날을 고민 끝에 아내를 서울 세브란스병원 정신병동에 입원시킨 김 씨는 팔을 걷어붙였다. 1974년 봄 전역을 결심한 것도 아내를 대신해 자녀들을 돌보기 위함이었다. 그러나 막상 스무 해 남짓 입었던 군복을 벗고 나니 생계가 걱정이었다. 그 무렵은 또 연금제도가 아예 없던 시절이라 당장 일자리부터 알아봐야 했다.

군인에서 막노동꾼으로

마산으로 거처를 옮긴 김 씨는 가족의 생계를 위해 막노동판을 떠돌았다. 하루에도 수십 번씩 울컥 목젖이 뜨거워지는 까닭은 사회와 군의 간극이 전혀 다른 얼굴을 하고 있다는 점이다. 그동안 본의 아니게 벽을 쌓고 지낸 사회에 나와 보니 예비역은 아무 짝에도 쓸모없는, 자칫 한눈을 팔았다간 밥 빌어먹기 십상이었다. 전쟁터에 나온 심정으로 김 씨는 이를 악물었다. 산더미처럼 쌓이는 병원비를 감당할 수 없어 아내를 마산으로 불러들인 이상 이제부터 모든 짐은 자신의 몫이었다.

마산에서 맞는 두 번째 가을, 퇴근길에 오른 김 씨는 그만 머릿속이 하얘지고 말았다. 네 살짜리 딸과 함께 외출한 아내가 깜빡 딸의 손을 놓아 버린 것. 벌써 반나절이 지났다고 했다.

"그게 마지막이 될 줄 누가 알았겠나. 배꼽 오른쪽 밑에 까만 점이 박힌 딸이었네. 얼굴은 나를 닮았고."

딸에 이어 이번에는 큰아들의 비보가 날아들었다. 지난날 아버지처럼 울산으로 부산으로 막노동판을 전전하다 20일 만에 귀가해 보니 중3 아들의 행방이 묘연했다.

"집이 망하려니까 눈 깜짝할 사이더군. 그로부터 3년 뒤 천안 경찰서에서 걸려 온 전화를 받고 달려갔더니 글쎄 아들이 싸늘한 시신으로 누워 있지 않겠나. 옥상에서 뛰어내렸다는데 그 말을 믿을 수가 있어야 말이지."

아침에 눈을 뜨는 일이 두려울 정도로 김 씨는 한동안 큰아들을 잃은 충격에서 벗어나지 못했다. 막노동에서 선원으로 직업을 바꾼 그는 항구 주변 술집들을 기웃거렸다. 맨 정신으로는 도저히 단 하루도 버틸 수 없었다. 한 가정의 가장이란 저렇듯 항구의 등대처럼 한곳에 우직하게 서 있었어야 함에도 정작 자신은 칠흑의 바다만 헤매고 있는 것 같았다. 김 씨는 군복을 벗은 게 더욱 후회스러웠다. 죽이 되든 밥이 되든 직업군인으로 버텼다면 적어도 이 지경까지 이르진 않았을 거라는 뼈아픈 각성 때문이었다. 그리고 두 달 전 스스로 목숨을 끊은 아내를 떠나보내면서 깨달은 바지만 군대와 사회의 간극은 분단보다도 더 깊어 보였다. 명령에 따른 복종만이 전부라고 믿었을 뿐 정작 가장의 자리를 지키기 위한 개척 정신에서는 제자리걸음에도 못 미쳤던 것이다.

"내 자신이 얼마나 부끄럽던지. 아비가 되어 가지고 얼마나 못나게 굴었으면 제 어미 숨 거두기 바쁘게 막내마저 집을 뛰쳐나갔을까."

마지막 남은 아들마저 종적을 감춰 버리자 김 씨도 떠날 채비를 서둘렀다. 딸을 시작으로 얼마 전 집을 뛰쳐나간 막내에 이르기까지 마산에 더 머물 이유가 없었다.

터미널에 도착한 김 씨는 신문에 난 광고를 눈여겨 살폈다. 막노동판으로 돌아가기에는 자신의 나이가 너무 지쳐 보였다.

"기숙사 보고 찾아갔는데 월급은 좀 박하더군."

서울 개포동에 있는 모 시내버스 회사에 청소부로 입사한 김 씨는 묵묵히 일만 했다. 예순을 훌쩍 넘긴 자신을 군말 없이 받아 준 회사 쪽 사람들이 고마울 따름이었다.

10년 동안 기숙사에서 숙식하며 1,000만 원을 모은 김 씨는 다목리행 버스에 몸을 실었다. 우선 그는 서울에서 번 돈으로 집부터 구했다. 물론 걱정도 되었다. 일몰이 가까운 일흔은 그처럼 농사를 짓기에도 날품을 팔기에도 벅찬 게 사실이었다.

"어딜 가나 사는 게 제일 큰 문제인 것 같아. 죽는 것도 쉬운 일은 아니고."

집을 사고 남은 돈으로 근근이 버티는 중이었다. 기초 생활 보장 수급자로 등록되어 생활에 안정을 찾은 김 씨는 막내아들을 찾아 나섰다. 죽기 전에 아들을 찾을 수만 있다면 여한이 없었다. 그러나 늘 그랬듯이 세상은 만만한 게 아무것도 없었다. 아니 오히려 김 씨를 더 큰 미궁으로 빠트려 버렸다.

"이 모든 게 내 불찰이라. 아는 거라고는 아들의 이름 석 자와 주민 등록번호뿐이어서 그걸 면사무소 직원에게 알려 줬더니 고개를 내젓는 거라. 오래전에 말소 처리되어 찾는 일이 쉽지 않을 거라며……."

200만 원

조금 전 라디오에서 흘러나온 아나운서의 말을 믿어야 할지 말아야 할지 김 씨는 한참을 망설였다.

"조금 놀라긴 했어. 다 늙은 나도 국가로부터 수급비를 받아 배곯는 일은 없잖아. 그런데 글쎄, 아이들이 제때 밥을 못 먹고 지낸다는 거야. 그것도 꽤 많은 아이들이."

잠을 자려고 눕자 오사카에서 보낸 유년 시절이 주마등처럼 스쳐 갔다. 하루 한 끼조차도 어려웠던 이국에서의 날들. 시간은 벌써 자정을 향해 치닫고 있었다.

"귀에 들어오는 말이 있는가 하면 더러 박히는 말이 있잖은가. 라디오를 들은 뒤로 다른 생각을 해 보려 해도 머릿속에 박힌 못이 빠져야 말이지."

밥을 제때 못 먹고 지낸다는 아이들의 소식과 함께 남매가 눈에 밟혔다. 큰아들의 시신만 직접 확인했을 뿐 정작 큰딸과 막내는 그 과정조차 거치지 못했었다. 자신의 생각이 여기에 미치자 김 씨는 중고 리어카를 구입해 거리로 나섰다. 숨이 붙어 있는 한 무언가를 해 보고 싶었다.

괜한 욕심을 부렸던 걸까. 덥석 리어카부터 구입한 김 씨는 자신을 나무랐다. 면 단위 시골에서 고물을 주워 돈을 모은다는 건 사막 한가운데서 오아시스를 찾아 헤매는 거나 다름없었다. 하지만 김 씨는 포기하지 않았다. 그동안의 시간을 돌이켜보건대 일흔 해를 살며 단 한

252

번이라도 세상과 정면 대결을 펼쳐 본 적 있었던가? 더는 부끄러운 삶을 살고 싶지 않아 김 씨는 다시 집을 나섰다. 아나나 다를까 티끌 모아 태산은 결코 먼 곳에 있지 않았다.

"돈이 좀 모이니 마음이 바빠지더군. 그사이 아이들이 굶어죽을 수도 있잖은가."

2년간 고물을 주워 모은 200만 원을 면사무소에 기탁하고 서너 달 지나서였다. 대수롭지 않게 여겼던 현기증이 갈수록 심해지자 김 씨는 병원을 찾았다. 당뇨를 조기에 치료하지 않아 발가락이 썩어 들어가고 있다는 의사의 말에 김 씨는 싱겁게 웃고 말았다.

"내 나이쯤 되면 쥐고 있던 끈을 그만 놓고 싶을 때가 있지. 발가락을 절단해야 한다는 의사 말을 듣고 나니까 그 생각이 먼저 들더군."

그렇지만 의사의 고집도 보통은 아니었다. 그는 군의관 출신으로, 상사로 전역한 김 씨의 이력을 들먹이며 이제부터 당신은 의사인 내 명령에 따라야 한다며 김 씨를 좀처럼 놓아주지 않았다.

무사히 수술을 마치고 두 달여 만에 퇴원하는 길이었다. 집에 도착해 방문을 연 김 씨는 병실로 되돌아가고 싶었다. 추위를 견디지 못하고 수도관이 터지는 바람에 방 안은 온통 빙판으로 변해 버렸다.

"캄캄했지, 뭐. 방은 얼음 바닥이지, 보일러고 수도고 성한 게 하나도 없었다니까. 오죽했으면 한숨을 내쉬다 말고 방에 휘발유를 뿌린 뒤 라이터를 켜고 싶었을까. 두 달 만에 퇴원해 그런 일을 겪고 나니 더는 살고 싶지 않은 거라."

그날의 기억을 땅 꺼지는 한숨으로 대신하던 김 씨가 양말을 벗었다. 열 개의 발가락 중 성한 거라곤 단 한 개도 없었다.

"10개월 할부로 오토바이를 구입한 것도 그래서였구면. 발을 내딛을 때 버팀목 역할을 해 주었던 발가락을 절단하고 나니까 방법이 없는 거라. 수술을 받았는데도 통증 때문에 걷는 게 불편하고."

커피는 참 맛있는 것 같아

여관을 찾아 들어간 건 저녁 8시경이었다. 윗마을에 사는 김성공 씨를 아느냐고 묻자 여관 주인은 되레 반문하고 나섰다.

"그래, 글 쓰는 선상님은 입만 열었다 하면 거짓말에 도적질에 사문서까지 위조하는 높으신 양반들이 좋소, 아니면 어려운 이웃을 먼저 돌볼 줄 아는 김 영감 같은 사람이 좋소?"

이 무슨 뚱딴지같은 소리란 말인가. 여관 주인의 표정이 잔뜩 뒤틀려 보였다. 밖에 나갔다 신발에 똥을 묻히고 돌아온 바로 그 표정이었다.

"가족이 있소, 일가친척이 있소? 그만하면 불쌍한 사람 아니오. 나도 고향이 전북 고창이지만 아무려면 김 영감만 하겠느냔 말이오. 그래도 나는 명절 때가 되면 찾아오는 자식이라도 있잖소."

공기 좋고 인심 좋고 물 맑다는 강원도가 갑자기 스산하게 느껴진 건 왜였을까. 여관 주인의 이야기를 듣고 보니 활짝 핀 꽃이 벌써 사흘

째 비를 맞고 있는 장면이 머리를 스쳐 갔다.

잠에서 깨 여관을 나서니 다목리는 안개가 자욱했다. 하루 대여섯 차례 춘천과 동서울로 가는 버스가 들어온다는 터미널 쪽으로 걸음을 옮기는데 식당 앞에 낯익은 오토바이가 보였다. 김 씨가 나타난 건 4~5분가량 지나서였다. 그런데 웬일인지 매표소에서 나오는 김 씨의 표정이 하룻밤 묵은 여관 주인을 쏙 빼닮았다.

"일찍 나오셨네요?"

"나 참. 살다 보니 이런 일도 있구먼. 글쎄, 오늘이 국군의 날이라는 걸 깜빡 잊고 피엑스(PX)를 찾아갔으니 이게 노망이 아니고 뭔가."

그보다도 한때 직업군이었던 김 씨가 공을 들인 곳은 방금 다녀왔다는 피엑스와 감자를 가공해 과자를 생산하는 공장이다. 두 곳에서 나는 고물의 양이 결코 만만치 않다.

"그 두 곳에서 나를 도와주지 않았다면 고물 줍는 일을 일찍이 포기하고 말았을 거네. 자네도 봤다시피 조막만 한 바닥에서 뭐 나올 게 있어야 말이지."

아침 일찍 일 나가는 일용직 인부들 틈에 끼어 식사를 마친 뒤 김 씨와 함께 식당을 나왔다. 국군의 날을 맞아 다목리는 숨죽인 듯 고요했다. 70여 가구에서 현재 기침을 한 사람이라고 해야 버스 기사 둘과 나이 든 매표원, 그리고 식당 아주머니와 김 씨 정도였다.

뚝 떨어진 기온 탓인지 김 씨의 방은 어제와 또 달랐다. 방바닥이 얼음장이었다.

"간밤에 그냥 주무신 겁니까?"

"벌써부터 켜면 엄동설한을 무슨 수로 넘기나. 그리고 보일러 돌아가는 소리를 듣고 있으면 잠이 와야 말이지. 맘 편하게 자려면 끄고 자는 게 훨씬 나아."

좋아진 세상과는 별개로 갈수록 추위를 느낀다는 김 씨의 말에 가슴이 뜨끔했다. 방 안 창틀에는 제법 두툼한 약봉지가, 밥상에는 빈 밥그릇과 함께 찬그릇이 놓여 있었다. 그러고 보니 김 씨의 방 안 풍경은 한 편의 소설을 서너 줄로 간추려 놓은 것 같았다.

커피포트에 달린 플러그를 콘센트에 찔러 넣은 김 씨가 플라스틱 서랍에서 손바닥 크기의 수첩을 꺼냈다. 네 귀퉁이가 낙엽처럼 말려 꼬깃꼬깃해진 수첩에는 2010년 1월부터 주기적으로 체크한 자신의 혈당과 혈압이 적혀 있었다.

"의사 선생이 신신당부해서 울며 겨자 먹기로 기록하고 있지만 이걸 적을 때마다 어떤 생각이 드는 줄 아남? 이만큼 살아 보니 미안하고 부끄러운 게 너무 많다는 거야. 얼굴을 들 수 없을 만큼 말이야."

커피를 타는 김 씨의 손이 파르르 바람 타는 문풍지처럼 떨었다. 잠시 후 그가 다시 입을 열었다.

"커피는 참 맛있는 것 같아. 이걸 한 잔 마시고 나면 속이 따뜻해지거든."

마치 그걸 증명해 보이듯 김 씨는 일회용 종이컵을 두 손으로 감싸 쥔 채 커피를 마셨다.

"건강을 생각해서라도 이제 고물 줍는 일을 그만하시는 게 어떻습니까?"

"그런 생각 안 해 본 건 아니지만 아직은 아닌 것 같아. 죽기 전에 꼭 치러야 할 양심의 빚이 남았던 말이지."

팔순의 나이가 염려되긴 했지만 그렇다고 더 이상 만류할 수도 없는 일이었다. 불편한 몸과 불편한 마음 중에서 김 씨는 후자 쪽 병을 앓고 있었다. 죽어서도 한이 될 수 있는.

내 마음이 편해질 때까지

펴낸날	**초판 1쇄 2011년 9월 21일**
	초판 7쇄 2019년 10월 17일

지은이	**박영희**
펴낸이	**심만수**
펴낸곳	**(주)살림출판사**
출판등록	**1989년 11월 1일 제9-210호**

주소	**경기도 파주시 광인사길 30**
전화	**031-955-1350 팩스 031-624-1356**
홈페이지	**http://www.sallimbooks.com**
이메일	**book@sallimbooks.com**

ISBN   978-89-522-1625-0   03810

살림Friends는 (주)살림출판사의 청소년 브랜드입니다.

※ 값은 뒤표지에 있습니다.
※ 잘못 만들어진 책은 구입하신 서점에서 바꾸어 드립니다.